Goethe zum Vergnügen

Goethe zum Vergnügen

Herausgegeben von
Volker Ladenthin

Mit 25 Abbildungen

Reclam

RECLAMS UNIVERSAL-BIBLIOTHEK Nr. 18794

Umschlagillustration: Nikolaus Heidelbach, Köln
Umschlaggestaltung: Eva Knoll, Stuttgart
Gesamtherstellung: Reclam, Ditzingen. Printed in Germany 2015
RECLAM, UNIVERSAL-BIBLIOTHEK und
RECLAMS UNIVERSAL-BIBLIOTHEK sind eingetragene Marken
der Philipp Reclam jun. GmbH & Co. KG, Stuttgart
ISBN 978-3-15-18794-4

Auch als E-Book erhältlich

www.reclam.de

Inhalt

Teilen kann ich nicht das Leben,
Nicht das Innen, noch das Außen,
Allen muss das Ganze geben,
Um mit euch und mir zu hausen.
Immer hab ich nur geschrieben,
Wie ichs fühle, wie ichs meine,
Und so spalt ich mich, ihr Lieben,
Und bin immerfort der Eine.

Vorwort

»Hoffen wir, dass Goethe nicht wirklich so ausgesehen hat! Diese Eitelkeit und edle Pose, diese mit den verehrten Anwesenden liebäugelnde Würde und unter der männlichen Oberfläche diese Welt von holdester Sentimentalität! Man kann ja gewiß viel gegen ihn haben, auch ich habe oft viel gegen den alten Wichtigtuer, aber ihn so darzustellen, nein, das geht doch zu weit.«[1] Die Verärgerung von Hermann Hesses »Steppenwolf« über devoten Umgang mit dem Klassiker, geäußert auf seiner Odyssee durch die Lebensformen des 20. Jahrhunderts, ist in zweierlei Hinsicht bedeutsam: Zum einen spürt der Steppenwolf hier die Gefangenheit Goethes in eben jenem kulturellen Gehege auf, gegen das sich Goethe (wie der Steppenwolf) zeit seines Lebens gewandt hatte: die Philisterei – wie bilderstürmerische Studenten damals eine klein- oder bildungsbürgerliche Lebensweise nannten. Zum anderen aber wittert der Steppenwolf, dass Goethe an dieser Domestizierung selbst nicht ganz unschuldig war, jener Mann »mit amtlich gefaltetem Mund«, der auf dem Porträt von Gerhard von Kügelgen[2] und in Harry Hallers – des Steppenwolfs – Traum »einen dicken Ordensstern auf seiner Klassikerbrust« trägt. Obwohl auch Goethe das ›steppenwölfische‹ gekannt, »sich auch je und je dazu bekannt« habe, habe er mit seinem »ganzen Leben das Gegenteil gepredigt, [...] Glauben und Optimismus geäußert«, »Dauer und Sinn« vorgespielt und sich somit »mumifiziert« und »zur Maske« stilisiert. Der Steppenwolf nimmt hier einen Vorwurf der Jungdeutschen auf.[3] Christian Dietrich Grabbe zum Beispiel beschrieb Goethe als einen sich zum Weisen stilisierenden eitlen Greis, der »aus seiner Patrizier-Visage [...] einen Jupiter zu machen«[4] versucht habe.

Das Ziel dieser Auswahl aus dem ausufernden und immer nur in Auswahl zu erfahrenden Gesamtwerk Goethes ist es, dem Goethe unter der Maske ins Gesicht zu schauen, das edle, aber ins Göttergleiche entrückte Bildporträt durch Momentaufnahmen des lustigen und leichten, des umherirrenden und strandenden, des flüchtigen und angriffslustigen, kurz: des wildernden Goethes, eines Klassikers des Unklassischen, zu beleben. (Was natürlich auch wieder nur eine neue Einseitigkeit ist, denn die Selbststilisierung Goethes als des Weltweisen aus Weimar ist eben auch ein Charakterzug – oder ein Schachzug innerhalb der Regeln der Gesellschaft?) Goethe war keinesfalls nur der Repräsentant des sich ja gerade erst auf dem Vormarsch befindenden bürgerlichen Bewusstseins, sondern zugleich Außenseiter in seiner Zeit, Provokateur, Ausgestoßener und Gescheiterter. Der Steppenwolf Harry Haller in seiner Einsamkeit wäre mit diesem Goethe nicht mehr so ganz allein. Goethe war ein Wolf in Bürgerkostüm oder Adelsmaskerade. Fast in dem Sinne, wie es Achim von Arnim anlässlich des Todes Christiane Goethes, geborene Vulpius, schrieb: »So natürlich und doch seltsam ist's, dass Goethe die Vulpius beweint, dass ich es mir nur aus seinem Vornamen Wolfgang ableiten kann, wie er zu ihr gelangt ist.«[5]

Oft riss Goethe sich die Klassikermaske, die ihm als Schutz vor der Umwelt diente, ab und zeigte sein wahres Gesicht, so im Gespräch mit Eckermann am 27. Januar 1824: »Man hat mich immer als einen vom Glück besonders Begünstigten gepriesen; auch will ich mich nicht beklagen und den Gang meines Lebens nicht schelten. Allein im Grunde ist es nichts als Mühe und Arbeit gewesen, und ich kann wohl sagen, dass ich in meinen 75 Jahren keine vier Wochen eigentliches Behagen gehabt. Es war das ewige Wälzen eines Steines, der immer von neuem gehoben sein wollte. Meine Annalen werden es deutlich machen, was hiermit gesagt ist.«[6] Hier spricht nicht Jupiter, sondern Sisyphus: Gemessen an den bürgerlichen Ansprüchen, wie sie später der Steppenwolf an jenem Ort, an dem er das Goethe-Porträt aufstöbert, repräsentiert findet, muss man in der Tat den Lebenslauf Goethes nicht nur als oft vergebliches Steinewälzen, sondern auch als Stolpern von einem Stein des Anstoßes zum nächsten verstehen.

Allein seine »Halbverhältnisse« – um aus den Annalen nur einen Aspekt herauszunehmen – lassen ihn recht unkonventionell erscheinen: Da »ward« – wie er schreibt – »mein früheres Verhältnis zur jungen Frau [Maximiliane Brentano] nach der Heirat fortgesetzt« – »peinigend genug«[7]; da liegt ein »undurchdringlicher Schleier«[8] über der Beziehung Goethes zu Frau von Stein; da zieht im Juli 1788 eine 23-jährige Frau als Hausmädchen ins Haus des 39-Jährigen ein; ein halbes Jahr später wird sie von Goethe schwanger. Genau 16 Jahre später, am 19. Oktober 1806, heiratet Goethe seine Hausgefährtin – übrigens zum Gespött seiner nächsten Umgebung: »Unser Meister ist wieder aus dem Bade[-Urlaub], aber in Jena. Ich sehne mich, ihn zu sehen, um einen Begriff seiner Existenz zu haben, seiner poetischen nämlich, denn die reelle ist gar zu realistisch, und die Kugelform der Frau Geheimrat erinnert zu sehr an das runde Nichts, wie Oken die Kugel nennt, und ist doch ein Nichts von Leerheit und Plattheit. Wenn wir ihn in einer besseren Welt ohne dieses Bündelchen sehen könnten, wollen wir uns auch freuen, nicht wahr?« – meinte jedenfalls Charlotte Schiller.[9]

Da sind seine zahlreichen und langwierigen Bade- und Kurreisen, auf die Frau Schiller anspricht, zumeist mit den Hoffnungen auf ein kleines Liebesabenteuer angereichert, wobei allerdings stets gilt, dass die erotische Dimension bedeutsamer war als die sexuelle. Bei der Affäre mit der Frau des Frankfurter Bankiers von Willemer wurden Briefe in Geheimschrift ausgetauscht – Goethe war 65 Jahre alt. Die ganze Angelegenheit endete mit der »Schwermut« Mariannes. Als alles Werben um Goethe, der sich ihr gegenüber entzieht, nicht hilft, versucht Marianne ihn schließlich mit dem verzweifeltsten aller Argumente zu locken: »Und wie viele schöne Mädchen gibt es nicht hier.«[10] Und 1822 – Goethe war nun 73 Jahre alt – hielt er um die Hand der 18-jährigen Ulrike von Levetzow an. Bekanntlich vergeblich – aber nicht umsonst: denn aus der Enttäuschung entstand die *Marienbader Elegie*.

Dies sei erinnert, um zu zeigen, dass Goethe sich wenig zum Hausfreund bürgerlicher Lebenskreise eignete. Folgerichtig hat seine bürgerliche Umwelt sich auch das Maul über ihn zerrissen: Nicht erst die Jungdeutschen, sondern gerade jene Zeitgenossen, die sich eher im Geist verwandt mit Goethe dünkten.

Er war noch keine 23 Jahre alt, da fand Johann Christian Kestner, Goethe sei »bizarre und hat in seinem Betragen, seinem Äußerlichen verschiedenes, das ihn unangenehm machen könnte«. Und dann heißt es: »Er tut, was ihm einfällt, ohne sich darum zu bekümmern, ob es anderen gefällt, ob es Mode ist, ob es die Lebensart erlaubt. Aller Zwang ist ihm verhasst.«[11]

Ein solches Urteil über Goethe lässt sich an jeder

Station seines Lebensweges nachweisen, so z. B. 1775: »Kurz, er ist ein großes Genie, aber ein furchtbarer Mensch.«[12] Am Weimarer Hof habe Goethe – so ein hämischer Beobachter – »eine neue Moral« eingeführt, »nach der die geltenden Regeln nur aus menschlichen Grillen [stammen], und der erste Mann im Staate […] in der Lage [ist,] sie abzuschaffen«[13]. Als Folge eines solchen Scandalons sieht man in aufgeklärten Kreisen, »wie alle Projekte« Goethes »ärschlings gehen«[14]. »In Weimar«, schreibt der Homerübersetzer Johann Heinrich Voss, gehe es »erschrecklich zu. Der Herzog läuft mit Goethen wie ein wilder Pursche auf den Dörfern herum; er besäuft sich und genießet brüderlich einerlei Mädchen mit ihm. […] Klopstock hat desfalls an Goethe geschrieben und ihm seinen Wandel vorgerückt […]. Goethe verbat sich in seinem und des Herzogs Namen solche Anmahnungen, die ihnen das süße Leben verbitterten, und Klopstock schrieb ihm darauf, dass er seiner Freundschaft unwürdig sei.«[15] Goethe wirkte auf seine Zeitgenossen als »Unmensch«, befremdend und abstoßend selbst bei seinen engen Freund(inn)en: »Es ist nicht möglich, mit seinen Betragen kömmt er nicht durch die Welt! Wenn unser sanfter Sittenlehrer gekreuz'get wurde, so wird dieser bittere zerhackt!«[16]

Goethe wusste, dass er – wie der Steppenwolf – außerhalb des sozialen Verstehenshorizontes seiner

Zeit stand: »Erst war ich den Menschen unbequem durch meinen Irrtum, dann durch meinen Ernst. Ich mochte mich stellen, wie ich wollte, so war ich allein.«[17] Er stimmte zu, wenn man »nicht bloß das düstere, unbefriedigte Streben [des Faust], sondern auch den Hohn und die herbe Ironie des Mephistopheles als Teile meines eigenen Wesens bezeichnet.«[18] Dieses Mephistophelische rettete sich bis in die museale Lebensform des Alters, ein Goethe »voll Übermut, Ironie und mephistophelischer Laune«, der zuweilen die »Miene und den Ton seines Mephisto«[19] annahm. Und schon die ersten Begegnungen hatten den Teufel in ihm geschildert: »Der Herr Goethe hat eine Rolle hier gespielt, die ihn als einen überwitzigen Halbgelehrten und als einen wahnsinnigen Religionsverächter nicht eben nur verdächtig, sondern ziemlich bekannt gemacht. Er muss, wie man fast durchgängig von ihm glaubt, in seinem Obergebäude einen Sparren zuviel oder zuwenig haben.«[20] Goethe – das ist, wenn er bei sich ist, der Außenseiter und der Ausgestoßene. So war es vergeblich zu hoffen, dass, wie seine Mutter schrieb, Goethe sich »ins künftige wie andre Christenmenschen geberden und auf führen will«.[21]

Goethe im Urteil seiner Zeitgenossen: Das ist auch eine Sammlung von Ablehnungen, Verurteilungen, Kritiken – und Goethe bat ausdrücklich in einem Aufsatz *Für die Misswollenden*, den in diesen

Urteilen aufbewahrten Teil seines Selbst nicht zu vergessen.[22] Zumeist missfiel, dass er sich nicht in jene bürgerliche Ordnungswelt einordnete, die seinen Kritikern als die beste aller Welten schien. Goethe passte ihnen nicht in den bürgerlichen Rahmen – es sei denn, man beschnitt sein Ganzporträt.

In vielen Rückblicken nennt Goethe die Vergeblichkeit als die Grunderfahrung seines Lebens: »Gott weis ich bin ein armer Junge.«[23] Und dies zu Recht. Goethe scheiterte nahezu immer. Er scheiterte als Liebhaber, Liebender und Hochzeiter, er scheiterte – in der eigenen Beurteilung – als Tat- und Sinnenmensch, der er doch so gern geworden wäre. Just zu der Zeit, als er sich mit dem jungen Herzog von Weimar zum Leidwesen des Hofestablishments austobte, befindet er, dass er »mehr als jemals am Platz (ist), das durchaus Scheisige dieser zeitlichen Herrlichkeit zu erkennen«.[24] Und wie sein privates Leben als Geschichte eines Verlorenen zu lesen ist, ist auch sein öffentliches Leben als Minister und schließlich auch als Schriftsteller als eine Chronik des Verlierens zu lesen. Seine Bemühungen um ein literarisches Theater zum Beispiel, dem Traum des Meisters, sind vergebliche Müh': Nach 41 Jahren muss er ohnmächtig zusehen, wie eine Schauspielerin und Mätresse seines Jugendfreundes Carl August in seinem Theater ein Stück aufführen lässt, in dem es um die Show eines auf den Mann dressierten Hundes ging: die Schaubühne als circensische Veranstaltung. Auch in diesem Fall bilanziert Goethe, dass er sich bemüht, aber nichts bewegt habe: »Ich hatte wirklich einmal den Wahn, als sei es möglich, ein deutsches Theater zu bilden. Ja ich hatte den Wahn, als könnte ich selber dazu beitragen und als könne ich zu einem solchen Bau einige Grundsteine legen. Ich schrieb meine Iphigenie und meinen Tasso und dachte in kindischer Hoffnung, so würde es gehen. Allein es regte sich nicht und rührte sich nicht und *blieb alles wie zuvor*. Hätte ich Wirkung gemacht und Beifall gefunden, so würde ich euch ein ganzes Dutzend Stücke wie die Iphigenie und den Tasso geschrieben haben. An Stoff war kein Mangel. Allein, wie gesagt, es fehlten die Schauspieler, um dergleichen mit Geist und Leben darzustellen, und es fehlte das Publikum, dergleichen mit Empfindung zu hören und aufzunehmen.« [25] Und die bittere Bilanz des zum Klassiker missratenen Erfolgsschriftstellers aus Weimar ist, »dass es mit dem ganzen Theaterwesen im Grunde nichts als Dreck ist«[26].

War Goethes Lebensstil von den Zechtouren des Stürmer und Drängers bis zu den auch amourös motivierten Kuraufenthalten des Greises schon zu verstehen als Verachtung und Abkehr von exakt dem Lebensraum, in dem man ihn, als idealisiertes Porträt »durch eine steife Kartonklappe zum Schrägstehen gezwungen«[27] auf das Vertiko der guten Stube gestellt, zu domestizieren versuchte, so sind es seine literarischen Arbeiten ebenso. Sie eignen sich nicht als Devotionalien. Jede einzelne Arbeit muss vielmehr, wie Hans Mayer nachweist, als »Dichtung gegen die Zeit«[28] gelesen werden. Die Authentizität der literarischen Werke kann man deshalb im Hass, den Goethe mit dieser kategorisch oppositionellen Haltung provozierte, in den negativen Urteilen und in den Verurteilungen besser dokumentiert finden, als in den wohlmeinenden Besprechungen. Bereits seine erste für die Publikation vorbereitete Arbeit legt es auf Provokation an und spielt mit der Verachtung derjenigen, für die sie doch geschrieben wurde: »Es gibt hier einen Studenten namens Goethe [...]. Dieser junge Mensch ist von seinem Wissen aufgeblasen [...] und wollte eine These aufstellen, die zum Titel haben sollte ›Jesus autor et judex sacrorum‹. [...] Man hat jedoch die Güte gehabt, ihm die Drucklegung seines Meisterwerkes zu verbieten. Danach hat er dann, um seine Verachtung kund zu tun die allersimpelsten Thesen aufgestellt [...]. Man hat ihn ausgelacht, und damit war er erledigt.«[29]

Diesen Preis, nicht gerade zerhackt, aber doch verboten[30] und verrissen zu werden, weil er auf seiner Sicht der Welt bestand, wird Goethe zeitlebens für all seine Arbeiten bezahlen – zuweilen wird er ihn gern bezahlen, zuweilen verwundert. Stellte man Goethes Werke als ausgewählte Erfolge eines goldschnittigen Klassikers aufs Bücherbord, dann verstellte man sich den Zugang zu ihm. Will man ihn wirklich, muss man seine Werke immer als Flucht aus literarischen oder sozialen Beschränkungen lesen. Und man muss auch jene Stücke lesen, die scheinbar schwer ins Mosaik des Klassikers einzupassen sind.

Man muss Goethe als Skandal begreifen – übrigens auch seine Klassik. Sie war alles andere als das, wenn man unter Klassik die Anerkennung zeitloser Normen versteht. Die Klassik Goethes war Normbruch, war gegen die Konvention gedichtet und wollte nie maßgebend für neue Versteinerungen oder Mumifizierungen sein. Ausgerechnet auf der Italienischen Reise, jener vielbeschriebenen Flucht in die Klassik, notiert Goethe am 5. Oktober 1786: »Ich komme immer auf mein Altes zurück. Wenn dem Künstler ein echter Gegenstand gegeben ist, so kann er etwas Echtes leisten.« Ein Jahr später: »Man muss schreiben, wie man lebt, erst um sein selbst willen, und dann existiert man auch für verwandte Wesen.«[31] Dann aber sind »Regeln« in der Kunst leblos und Leerlauf: »Was will der ganze Plunder gewisser Regeln einer steifen veralteten Zeit [...] und was will all der Lärm über klassisch und romantisch! Es kommt darauf an, dass ein Werk durch und durch gut und tüchtig sei, und es wird auch wohl klassisch sein.«[32] »Das Alte [ist] nicht klassisch, weil es alt, sondern weil es stark, frisch, froh und gesund«[33] ist – mit dieser Definition sind alle hier versammelten Texte im wahrhaft Goetheschen Sinne »klassisch«.

Goethe hatte sich vom affirmativ gewordenen Publikum getrennt, als dieses noch glaubte, Schriftsteller schrieben für ein reales Publikum. Goethe schrieb nur für sich selbst – und notfalls gegen das Publikum. Dass er sein »Hauptgeschäft«, den 2. Teil des *Faust*, nicht zu Lebzeiten veröffentlicht sehen wollte, belegt, dass er über sein Ende hinaus gegen Brotgelehrte und Bildungsphilister gestürmt und gestoßen hat. Goethe mochte sein Publikum nicht: »›Die gerechtere Nachwelt‹, nahm ich das Wort; aber Goethe, ohne abzuwarten [...] entgegnete mir mit ungemeiner Hastigkeit: ›Ich will nichts davon hören, weder von dem Publikum noch von der Nachwelt, noch von der Gerechtigkeit, [...] die sie einst meinem Bestreben widerfahren lassen. Ich verwünsche den Tasso bloß deshalb, weil man sagt, dass er auf die Nachwelt kommen wird; ich verwünsche die Iphigenie; mit einem Worte, ich verwünsche alles, was diesem Publikum irgend an mir gefällt. [...] Ja, wenn ich es nur je dahin noch bringen könnte, dass ich ein Werk verfasste – aber ich bin zu alt dazu –, dass die Deutschen mich so ein fünfzig oder hundert Jahre hintereinander recht gründlich verwünschten und aller Orten und Enden mir nichts als Übles nachsagten; das sollte mich außermaßen ergötzen. Es müsste ein prächtiges Produkt sein, was solche Effekte bei einem von Natur völlig gleichgültigen Publikum, wie das unsere hervorbrachte. […] Sie mögen mich nicht! Das matte Wort! Ich mag sie auch nicht! Ich habe es ihnen nie recht zu Danke gemacht!‹«[34]

Man ahnt, dass die Klassikermaske wie die »Klassik« eine Tarnung gewesen ist, eine Möglichkeit, das wahre Gesicht zu schützen und nicht dem Abkupfern oder der Reklamierung für philiströse Zwecke freizugeben. Goethe hat diese Maske sorgsam gepflegt, so dass man sie leicht als sein Ebenbild zu deuten verführt ist. Ein kleines Beispiel mag erhellen, wie nah beieinander radikale Selbstanalyse und Stilisierung liegen. Am 9. August 1779 hatte er seiner Mutter geschrieben: »Ich habe alles was ein Mensch verlangen kan, ein Leben in dem ich mich täglich übe und täglich wachse, und komme diesmal gesund, ohne Leidenschafft, ohne Verworrenheit, ohne dumpfes Treiben, sondern wie ein von Gott geliebter, der die Hälfte seines Lebens hingebracht hat, und aus Vergangnem Leide manches Gute für die Zukunft hofft, und auch für künftiges Leiden die Brust bewährt hat.«[35] Hier das Genrebild des sich Bewährenden, der bald den Ordensstern auf der Brust tragen wird. Nur zwei Tage vor dieser Maskerade vertraut Goethe seinem Tagebuch folgende Sätze an, die ein ganz anderes Porträt zeichnen: »Stiller Rückblick aufs Leben, auf die Verworrenheit Betriebsamkeit, Wissbegierde der Jugend, wie sie überall herumschweift um etwas befriedigendes zu finden. [...] Wie des Thuns, auch des Zweckmäsigen Denckens und Dichtens so wenig, wie in zeitverderbender Empfindung und Schatten Leidenschafft gar viele Tage verthan, wie wenig mir davon zu Nuz kommen und da die Hälfte des Lebens nun vorüber ist, wie nun kein Weeg zurückgelegt sondern vielmehr ich nur dastehe wie einer der sich aus dem Wasser rettet und den die Sonne anfängt wohlthätig abzutrocknen.«[36]

Der Irrende ist dem Untergang knapp entkommen, und er lebt nun im Bewusstsein dieser Gefährdung. Der »Schiffbruch«[37] wird eine zentrale Metapher in Goethes Selbstdeutung: »Ich bin wieder scheissig gestrandet«, schreibt er mit 20 Jahren.[38] Im Bild des Schiffbrüchigen zeichnet Goethe sein Selbstporträt: Noch die »Kohlenbrenner« seien »heiterer als unsereiner, dessen Kahn sich so voll gepackt hat, dass er jeden Augenblick fürchten muss, mit der ganzen Ladung unterzugehen«[39], schreibt Goethe am Lebensende – als er selbst den Faust, sein Hauptgeschäft, bedroht sieht, »an den Strand getrieben wie ein Wrack in Trümmern da[zu]liegen«[40].

Die hier gesammelten Texte sind solch Strand-Gut: Sie passen nicht ins still-schöne Bild vom Entsagungsklassiker. Es sind Texte, die den Goethe unter der Maske zeigen, einen »Unruhigen«[41], der umherirrt und umherwandert, weil er seine Sach auf Nichts gestellt hat – auf nichts als auf sich selbst.

Hermann Hesse schickte Harry Haller in die Wohnung akademischer Konformität, um in der Begegnung mit Goethe eben diesen vor der Einbürgerung in diese Welt zu bewahren. Diesem Ziel dient auch der vorliegende Auswahlband. Und deshalb müsste man ihn eigentlich verbieten – zumindest in dem Sinne, wie es Hermann Hesse geschrieben hat: »Aus manchen Anzeichen muss ich schließen, dass die deutsche Jugend Goethe kaum mehr kennt. Vermutlich ist es ihren Lehrern gelungen, ihn ihr zu entleiden. Wenn ich eine Schule oder Hochschule zu leiten hätte, so würde ich die Lektüre Goethes verbieten und sie als höchste Belohnung den Besten, Reifsten, Wertvollsten vorbehalten.«[42]

I

Ich bin nun, wie ich bin

Vom Vater hab ich die Statur,
Des Lebens ernstes Führen,
Vom Mütterchen die Frohnatur
Und Lust zu fabulieren.
Urahnherr war der Schönsten hold,
Das spukt so hin und wieder;
Urahnfrau liebte Schmuck und Gold,
Das zuckt wohl durch die Glieder.
Sind nun die Elemente nicht
Aus dem Komplex zu trennen,
Was ist denn an dem ganzen Wicht
Original zu nennen?

Katechisation

LEHRER

Bedenk, o Kind! woher sind diese Gaben?
Du kannst nichts von dir selber haben.

KIND

Ei! Alles hab ich vom Papa.

LEHRER

Und der, woher hats der?

KIND

Vom Großpapa.

LEHRER

Nicht doch! Woher hats denn der Großpapa bekommen?

KIND

Der hats genommen.

Eigentum

Ich weiß, dass mir nichts angehört
Als der Gedanke, der ungestört
Aus meiner Seele will fließen,
Und jeder günstige Augenblick,
Den mich ein liebendes Geschick
Von Grund aus lässt genießen.

Liebhaber in allen Gestalten

Ich wollt, ich wär ein Fisch,
So hurtig und frisch;
Und kämst du zu anglen,
Ich würde nicht manglen.
Ich wollt, ich wär ein Fisch,
So hurtig und frisch.

Ich wollt, ich wär ein Pferd,
Da wär ich dir wert.
O wär ich ein Wagen,
Bequem dich zu tragen.
Ich wollt, ich wär ein Pferd,
Da wär ich dir wert.

Ich wollt, ich wäre Gold,
Dir immer im Sold;
Und tätst du was kaufen,
Käm ich wieder gelaufen.
Ich wollt, ich wäre Gold,
Dir immer im Sold.

Ich wollt, ich wär treu,
Mein Liebchen stets neu;
Ich wollt mich verheißen,
Wollt nimmer verreisen.
Ich wollt, ich wär treu,
Mein Liebchen stets neu.

Ich wollt, ich wär alt
Und runzlig und kalt;
Tätst du mirs versagen,
Da könnt michs nicht plagen.
Ich wollt, ich wär alt
Und runzlig und kalt.

Wär ich Affe sogleich
Voll neckender Streich;
Hätt was dich verdrossen,
So macht ich dir Possen.
Wär ich Affe sogleich
Voll neckender Streich.

Wär ich gut wie ein Schaf,
Wie der Löwe so brav;
Hätt Augen wie 's Lüchschen
Und Listen wie 's Füchschen.
Wär ich gut wie ein Schaf,
Wie der Löwe so brav.

Was alles ich wär,
Das gönnt ich dir sehr;
Mit fürstlichen Gaben,
Du solltest mich haben.
Was alles ich wär,
Das gönnt ich dir sehr.

Doch bin ich, wie ich bin,
Und nimm mich nur hin!
Willst du Bessre besitzen,
So lass dir sie schnitzen.
Ich bin nun, wie ich bin;
So nimm mich nur hin!

Man mäkelt an der Persönlichkeit,
Vernünftig, ohne Scheu;
Was habt ihr denn aber, was euch erfreut,
Als eure liebe Persönlichkeit?
Sie sei auch, wie sie sei.

Das Motto

Wahrheit sag ich euch, Wahrheit und immer
Wahrheit, versteht sich:
Meine Wahrheit; denn sonst ist mir auch keine
bekannt.

»Der ich mir alles bin«

Mir kommt vor, das sey die edelste von unsern Empfindungen, die Hoffnung, auch dann zu bleiben, wenn das Schicksaal uns zur allgemeinen Nonexistenz zurückgeführt zu haben scheint. Dieses Leben, meine Herren, ist für unsre Seele viel zu kurz, Zeuge, dass ieder Mensch, der geringste wie der höchste, der unfähigste wie der würdigste, eher alles müd wird, als zu leben; und dass keiner sein Ziel erreicht, wornach er so sehnlich ausging – denn wenn es einem auf seinem Gange auch noch so lang glückt, fällt er doch endlich, und offt im Angesicht des gehofften Zwecks, in eine Grube, die ihm, Gott weis wer, gegraben hat, und wird für nichts gerechnet.

Für nichts gerechnet! Ich! Der ich mir alles binn, da ich alles nur durch mich kenne! So ruft ieder, der sich fühlt, und macht grosse Schritte durch dieses Leben, eine Bereitung für den unendlichen Weeg drüben. Freylich ieder nach seinem Maas. Macht der eine mit dem stärcksten Wandertrab sich auf, so hat der andre siebenmeilen Stiefel an, überschreitet ihn, und zwey Schritte des letzten, bezeichnen die Tagreise des ersten. Dem sey wie ihm wolle, dieser embsige Wandrer bleibt unser Freund und unser Geselle, wenn wir die gigantischen Schritte ienes, anstaunen und ehren, seinen Fustapfen folgen, seine Schritte mit den unsrigen abmessen.

Auf die Reise, meine Herren! die Betrachtung so eines einzigen Tapfs, macht unsre Seele feuriger und grösser, als das Angaffen eines tausendfüsigen königlichen Einzugs.

Das Publikum und Herr Ego

DAS PUBLIKUM

»Wir haben dir Klatsch auf Geklatsche gemacht,
Wie schief!
Und haben dich schnell in die Patsche gebracht,
Wie tief!
Wir lachen dich aus,
Nun hilf dir heraus!
Ade.«

Und red ich dagegen, so wird nur der Klatsch
Verschlimmert.
Mein liebliches Leben, im nichtigen Patsch,
Verkümmert.
Schon bin ich heraus;
Ich mach mir nichts draus.
Ade.

Die stille Freude wollt ihr stören?
Lasst mich bei meinem Becher Wein;
Mit andern kann man sich belehren,
Begeistert wird man nur allein.

Ich

Denk ich, so bin ich! Wohl! Doch wer wird immer auch denken?
Oft schon war ich, und hab wirklich an gar nichts gedacht!

Ja! ich rechne mir's zur Ehre,
Wandle fernerhin allein!
Und wenn es ein Irrtum wäre,
Soll es doch nicht eurer sein!

Keiner sei gleich dem andern; doch gleich sei jeder dem Höchsten.
Wie das zu machen? Es sei jeder vollendet in sich.

Beherzigung

Ach, was soll der Mensch verlangen?
Ist es besser, ruhig bleiben?
Klammernd fest sich anzuhangen?
Ist es besser, sich zu treiben?
Soll er sich ein Häuschen bauen?
Soll er unter Zelten leben?
Soll er auf die Felsen trauen?
Selbst die festen Felsen beben.

Eines schickt sich nicht für alle!
Sehe jeder, wie ers treibe,
Sehe jeder, wo er bleibe,
Und wer steht, dass er nicht falle!

Feiger Gedanken
Bängliches Schwanken,
Weibisches Zagen,
Ängstliches Klagen
Wendet kein Elend,
Macht dich nicht frei.

Allen Gewalten
Zum Trutz sich erhalten;
Nimmer sich beugen,
Kräftig sich zeigen,
Rufet die Arme
Der Götter herbei.

»Du Kräftiger, sei nicht so still,
Wenn auch sich andere scheuen.«
Wer den Teufel erschrecken will,
Der muss laut schreien.

Erkenne dich! – Was soll das heißen?
Es heißt: Sei nur! und sei auch nicht!
Es ist eben ein Spruch der lieben Weisen,
Der sich in der Kürze widerspricht.

Erkenne dich! – Was hab ich da für Lohn?
Erkenn ich mich, so muss ich gleich davon.

Das Subjekt

Wichtig wohl ist die Kunst und schwer, sich selbst zu bewahren,
Aber schwieriger ist diese: sich selbst zu entfliehn.

Harfenspieler

Wer sich der Einsamkeit ergibt,
Ach! der ist bald allein;
Ein jeder lebt, ein jeder liebt
Und lässt ihn seiner Pein.

Ja! lasst mich meiner Qual!
Und kann ich nur einmal
Recht einsam sein,
Dann bin ich nicht allein.

Es schleicht ein Liebender lauschend sacht,
Ob seine Freundin allein?
So überschleicht bei Tag und Nacht
Mich Einsamen die Pein,

Mich Einsamen die Qual.
Ach, werd ich erst einmal
Einsam im Grabe sein,
Da lässt sie mich allein!

Parabel

Ich trat in meine Gartentür,
Drei Freunde kamen, auch wohl vier,
Ich bat sie höflich zu mir ein
Und sagte: sie sollten willkommen sein;
Da in der Mitte, im heitern Saal,
Stünd grade ein hübsches Frühstücksmahl.
Wollt jedem der Garten wohl gefallen,
Darin nach seiner Art zu wallen.
Der eine schlich in dichte Lauben,
Der andre kletterte nach Trauben,
Sein Bruder nach hohen Äpfeln schielt,
Die er für ganz vortrefflich hielt.
Ich sagte: die stünden alle frisch
Zusammen drin auf rundem Tisch,
Und wären ihnen gar schön empfohlen.
Sie aber wollten sie selber holen;

Auch war der letzte, wie eine Maus,
Fort! wohl zur Hintertür hinaus.
Ich aber ging zum Saal hinein,
Verzehrte mein Frühstück ganz allein.

Nehmt nur mein Leben hin in Bausch
Und Bogen, wie ichs führe;
Andre verschlafen ihren Rausch,
Meiner steht auf dem Papiere.

»Ich bin vielen ein Dorn im Auge«

Auch Béranger*, warf ich versuchend ein, hat nur Zustände der großen Hauptstadt und nur sein eigenes Innere ausgesprochen.

»Das ist auch ein Mensch danach«, erwiderte Goethe, »dessen Darstellung und dessen Inneres etwas wert ist. Bei ihm findet sich der Gehalt einer bedeutenden Persönlichkeit. Béranger ist eine durchaus glücklich begabte Natur, fest in sich selber begründet, rein aus sich selber entwickelt und durchaus mit sich selber in Harmonie. Er hat nie gefragt: was ist an der Zeit? was wirkt? was gefällt? und was machen die an-

* Pierre-Jean de Béranger (1780–1857), französischer Lyriker und Dichter politischer Chansons, in denen er Napoleon feierte und sich gegen Adel und Klerus wandte.

deren? damit er es ihnen nachmache. Er hat immer nur aus dem Kern seiner eigenen Natur heraus gewirkt, ohne sich zu bekümmern, was das Publikum oder was diese oder jene Partei erwarte. Er hat freilich in verschiedenen bedenklichen Epochen nach den Stimmungen, Wünschen und Bedürfnissen des Volkes hingehorcht; allein das hat ihn nur in sich selber befestigt, indem es ihm sagte, dass sein eigenes Innere mit dem des Volkes in Harmonie stand; aber es hat ihn nie verleitet, etwas anderes auszusprechen, als was bereits in seinem eigenen Herzen lebte.

Sie wissen, ich bin im ganzen kein Freund von sogenannten politischen Gedichten; allein solche, wie Béranger sie gemacht hat, lasse ich mir gefallen. Es ist bei ihm nichts aus der Luft gegriffen, nichts von bloß imaginierten oder imaginären Interessen, er schießt nie ins Blaue hinein, vielmehr hat er stets die entschiedensten, und zwar immer bedeutende Gegenstände. [...] Und wie meisterhaft ist bei ihm die jedesmalige Behandlung! Wie wälzt und ründet er den Gegenstand in seinem Innern, ehe er ihn ausspricht! Und dann, wenn alles reif ist, welcher Witz, Geist, Ironie und Persiflage, und welche Herzlichkeit, Naivität und Grazie werden nicht von ihm bei jedem Schritt entfaltet! Seine Lieder haben jahraus jahrein Millionen froher Menschen gemacht; sie sind durchaus mundrecht auch für die arbeitende Klasse, während sie sich über das Niveau des Gewöhnlichen so sehr erheben, dass das Volk im Umgange mit diesen anmutigen Geistern gewöhnt und genötiget wird, selbst edler und besser zu denken. Was wollen Sie mehr? und was lässt sich überhaupt Besseres von einem Poeten rühmen?«

Er ist vortrefflich! ohne Frage! erwiderte ich. Sie wissen selbst, wie sehr ich ihn seit Jahren liebe; auch können Sie denken, wie wohl es mir tut, Sie so über ihn reden zu hören. Soll ich aber sagen, welche von seinen Liedern ich vorziehe, so gefallen mir denn doch seine Liebesgedichte besser als seine politischen, bei denen mir ohnehin die speziellen Bezüge und Anspielungen nicht immer deutlich sind.

»Das ist Ihre Sache!« erwiderte Goethe; »auch sind die politischen gar nicht für Sie geschrieben; fragen Sie aber die Franzosen, und sie werden Ihnen sagen, was daran Gutes ist. Ein politisches Gedicht ist überhaupt im glücklichsten Falle immer nur als Organ einer einzelnen Nation und in den meisten Fällen nur als Organ einer gewissen Partei zu betrachten; aber von dieser Nation und dieser Partei wird es auch, wenn es gut ist, mit Enthusiasmus ergriffen werden. Auch ist ein politisches Gedicht immer nur als Produkt eines gewissen Zeitzustandes anzusehen; der aber freilich vorübergeht und dem Gedicht für die Folge denjenigen Wert nimmt, den es vom Gegenstande hat. – Béranger hatte übrigens gut machen! Paris ist Frankreich. Alle bedeutenden Interessen seines großen Vaterlandes konzentrieren sich in der Hauptstadt und haben dort ihr eigentliches Leben und ihren eigentlichen Widerhall. Auch ist er in den meisten seiner politischen Lieder keineswegs als bloßes Organ einer einzelnen Partei zu betrachten, vielmehr sind die Dinge, denen er entgegenwirkt, größtenteils von so allgemein nationalem Interesse, dass der Dichter fast immer als große Volksstimme vernommen wird. Bei uns in Deutschland ist dergleichen nicht möglich. Wir haben keine Stadt, ja wir haben nicht einmal ein Land, von dem wir entschieden sagen könnten: hier ist Deutschland! Fragen wir in Wien, so heißt es: hier ist Österreich! und fragen wir in Berlin, so heißt es: hier ist Preußen! – Bloß vor sechzehn Jahren, als wir endlich die Franzosen los sein wollten, war Deutschland überall. – Hier hätte ein politischer Dichter allgemein wirken können; allein es bedurfte seiner nicht! Die allgemeine Not und das allgemeine Gefühl der Schmach hatte die Nation als etwas Dämonisches ergriffen; das begeisternde Feuer, das der Dichter hätte entzünden können, brannte bereits überall von selber. Doch will ich nicht leugnen, dass Arndt, Körner und Rückert einiges gewirkt haben.«

Man hat Ihnen vorgeworfen, bemerkte ich etwas unvorsichtig, dass Sie in jener großen Zeit nicht auch die Waffen ergriffen oder wenigstens nicht als Dichter eingewirkt haben.

»Lassen wir das, mein Guter!« erwiderte Goethe. »Es ist eine absurde Welt, die nicht weiß, was sie will, und die man muss reden und gewähren lassen. – Wie hätte ich die Waffen ergreifen können ohne Hass! und wie hätte ich hassen können ohne Jugend! Hätte jenes Ereignis mich als einen Zwanzigjährigen getroffen, so wäre ich sicher nicht der letzte geblieben; allein es fand mich als einen, der bereits über die ersten sechzig hinaus war.

Auch können wir dem Vaterlande nicht alle auf gleiche Weise dienen, sondern jeder tut sein Bestes, je nachdem Gott es ihm gegeben. Ich habe es mir ein halbes Jahrhundert lang sauer genug werden lassen. Ich kann sagen, ich habe in den Dingen, die die Natur mir zum Tagewerk bestimmt, mir Tag und Nacht keine Ruhe gelassen und mir keine Erholung gegönnt, sondern immer gestrebt und geforscht und getan, so gut und soviel ich konnte. Wenn jeder von sich dasselbe sagen kann, so wird es um alle gut stehen.«

Im Grunde, versetzte ich begütigend, sollte Sie jener Vorwurf nicht verdrießen, vielmehr könnten Sie sich darauf etwas einbilden. Denn was will das anders sagen, als dass die Meinung der Welt von Ihnen so groß ist, dass sie verlangen, dass derjenige, der für die Kultur seiner Nation mehr getan als irgendein anderer, nun endlich alles hätte tun sollen!

»Ich mag nicht sagen wie ich denke«, erwiderte Goethe. »Es versteckt sich hinter jenem Gerede mehr böser Wille gegen mich, als Sie wissen. Ich fühle darin eine neue Form des alten Hasses, mit dem man mich seit Jahren verfolgt und mir im stillen beizukommen sucht. Ich weiß recht gut, ich bin vielen ein Dorn im Auge, sie wären mich alle sehr gerne los; und da man nun an meinem Talent nicht rühren kann, so will man an meinen Charakter. Bald soll ich stolz sein, bald egoistisch, bald voller Neid gegen junge Talente, bald in Sinnenlust versunken, bald ohne Christentum, und nun endlich gar ohne Liebe zu meinem Vaterlande und meinen lieben Deutschen. – Sie kennen mich nun seit Jahren hinlänglich und fühlen, was an alle dem Gerede ist. Wollen Sie aber wissen, was ich gelitten habe, so lesen Sie meine Xenien, und es wird Ihnen aus meinen Gegenwirkungen klar werden, womit man mir abwechselnd das Leben zu verbittern gesucht hat.

Ein deutscher Schriftsteller, ein deutscher Märtyrer! – Ja, mein Guter! Sie werden es nicht anders finden! Und ich selbst kann mich noch kaum beklagen; es ist allen anderen nicht besser gegangen, den meisten sogar schlechter, und in England und Frankreich ganz wie bei uns. Was hat nicht Molière zu leiden gehabt! und was nicht Rousseau und Voltaire! Byron ward durch die bösen Zungen aus England getrieben und würde zuletzt ans Ende der Welt geflohen sein, wenn ein früher Tod ihn nicht den Philistern und ihrem Hass enthoben hätte.

Und wenn noch die bornierte Masse höhere Menschen verfolgte! – Nein! Ein Begabter und ein Talent verfolgt das andere. Platen ärgert Heine, und Heine Platen, und jeder sucht den andern schlecht und verhasst zu machen, da doch zu einem friedlichen Hinleben und Hinwirken die Welt groß und weit genug ist, und jeder schon an seinem eigenen Talent einen Feind hat, der ihm hinlänglich zu schaffen macht.

Kriegslieder schreiben und im Zimmer sitzen! – Das wäre meine Art gewesen! – Aus dem Biwak heraus, wo man nachts die Pferde der feindlichen Vorposten wiehern hört: da hätte ich es mir gefallen lassen! Aber das war nicht mein Leben und nicht meine Sache, sondern die von Theodor Körner. Ihm kleiden seine Kriegslieder auch ganz vollkommen. Bei mir aber, der ich keine kriegerische Natur bin und keinen kriegerischen Sinn habe, würden Kriegslieder eine Maske gewesen sein, die mir sehr schlecht zu Gesicht gestanden hätte.

Ich habe in meiner Poesie nie affektiert. – Was ich nicht lebte und was mir nicht auf die Nägel brannte und zu schaffen machte, habe ich auch nicht gedichtet und ausgesprochen. Liebesgedichte habe ich nur gemacht, wenn ich liebte. Wie hätte ich nun Lieder des Hasses schreiben können ohne Hass! – Und, unter uns, ich hasste die Franzosen nicht, wiewohl ich Gott dankte, als wir sie los waren. Wie hätte auch ich, dem nur Kultur und Barbarei Dinge von Bedeutung sind, eine Nation hassen können, die zu den kultiviertesten der Erde gehört und der ich einen so großen Teil meiner eigenen Bildung verdankte!

Überhaupt«, fuhr Goethe fort, »ist es mit dem Nationalhass ein eigenes Ding. – Auf den untersten Stufen der Kultur werden Sie ihn immer am stärksten und heftigsten finden. Es gibt aber eine Stufe, wo er ganz verschwindet und wo man gewissermaßen über den Nationen steht und man ein Glück oder ein Wehe seines Nachbarvolkes empfindet, als wäre es dem eigenen begegnet. Diese Kulturstufe war meiner Natur gemäß, und ich hatte mich darin lange befestigt, ehe ich mein sechzigstes Jahr erreicht hatte.«

II

Wenn ich in deiner Nähe bin

An Fanny Caspers*

Jena, den 21. November 1815

In einer Stadt einmal
Auf dem Stadthaus
Ein großer Saal,
Darin ein lustig Mahl.
Unter den Gästen
Eine artige Maus,
Wie's bei solchen Festen
Geht, im Champagnersaus.
Sie hatte nicht so viel getrunken
Als Schiller, ich und alle,
Sie war mir aber um den Hals gesunken.
In keiner Falle
Fing man so lieblich Mäuschen;
Niedlich war sie, niedlicher im Räuschchen.
Ich hielt sie feste, feste,
Wir küssten uns aufs beste,

* Fanny Caspers (1787–1835) war von 1800 bis 1802 Schauspielerin in Weimar. Das Gedicht war Goethes Antwort auf ihre Bitte um ein Autogramm.

Doch wickelt sie sich heraus –
Fort war die Maus!
Die treibt sich in Osten und Süden;
Gott schenk ihr Lieb und Frieden.

Sie liebt mich!
Sie liebt mich!
Welch schreckliches Beben!
Fühl ich mich selber?
Bin ich am Leben?
Sie liebt mich!
Sie liebt mich!

Ach! rings so anders!
Bist du's noch, Sonne?
Bist du's noch, Hütte?
Trage die Wonne,
Seliges Herz!
Sie liebt mich!
Sie liebt mich!

Du bist mein und bist so zierlich,
Du bist mein und so manierlich,
Aber etwas fehlt dir noch:
Küssest mit so spitzen Lippen,
Wie die Tauben Wasser nippen;
Allzu zierlich bist du doch.

Christel

Hab oft einen dumpfen düstern Sinn,
Ein gar so schweres Blut!
Wenn ich bei meiner Christel bin,
Ist alles wieder gut.
Ich seh sie dort, ich seh sie hier
Und weiß nicht auf der Welt,
Und wie und wo und wann sie mir,
Warum sie mir gefällt.

Das schwarze Schelmenaug dadrein,
Die schwarze Braue drauf,
Seh ich ein einzigmal hinein,
Die Seele geht mir auf.
Ist eine, die so lieben Mund,
Liebrunde Wänglein hat?
Ach, und es ist noch etwas rund,
Da sieht kein Aug sich satt!

Und wenn ich sie denn fassen darf
Im luftgen deutschen Tanz,
Das geht herum, das geht so scharf,
Da fühl ich mich so ganz!
Und wenns ihr taumlig wird und warm,
Da wieg ich sie sogleich
An meiner Brust, in meinem Arm;
's ist mir ein Königreich!

Und wenn sie liebend nach mir blickt
Und alles rund vergisst,
Und dann an meine Brust gedrückt
Und weidlich eins geküsst,
Das läuft mir durch das Rückenmark
Bis in die große Zeh!
Ich bin so schwach, ich bin so stark,
Mir ist so wohl, so weh!

Da möcht ich mehr und immer mehr,
Der Tag wird mir nicht lang;
Wenn ich die Nacht auch bei ihr wär,
Davor wär mir nicht bang.
Ich denk, ich halte sie einmal
Und büße meine Lust;
Und endigt sich nicht meine Qual,
Sterb ich an ihrer Brust!

Cäsarn wär ich wohl nie zu fernen Britannen gefolget,
Florus hätte mich leicht in die Popine geschleppt!
Denn mir bleiben weit mehr die Nebel des traurigen Nordens,
Als ein geschäftiges Volk südlicher Flöhe verhasst.
Und noch schöner von heut an seid mir gegrüßet, ihr Schenken,
Osterien, wie euch schicklich der Römer benennt;
Denn ihr zeigtet mir heute die Liebste, begleitet vom Oheim,
Den die Gute so oft, mich zu besitzen, betriegt.
Hier stand unser Tisch, den Deutsche vertraulich umgaben;
Drüben suchte das Kind neben der Mutter den Platz,
Rückte vielmals die Bank und wusst es artig zu machen,
Dass ich halb ihr Gesicht, völlig den Nacken gewann.
Lauter sprach sie, als hier die Römerin pfleget, kredenzte,
Blickte gewendet nach mir, goss und verfehlte das Glas.
Wein floss über den Tisch, und sie, mit zierlichem Finger,
Zog auf dem hölzernen Blatt Kreise der Feuchtigkeit hin.

Meinen Namen verschlang sie dem ihrigen; immer begierig
Schaut ich dem Fingerchen nach, und sie bemerkte mich wohl.
Endlich zog sie behende das Zeichen der römischen Fünfe
Und ein Strichlein davor. Schnell, und sobald ichs gesehn,
Schlang sie Kreise durch Kreise, die Lettern und Ziffern zu löschen;
Aber die köstliche *Vier* blieb mir ins Auge geprägt.
Stumm war ich sitzen geblieben, und biss die glühende Lippe,
Halb aus Schalkheit und Lust, halb aus Begierde, mir wund.
Erst noch so lange bis Nacht! dann noch vier Stunden zu warten!
Hohe Sonne, du weilst, und du beschauest dein Rom!
Größeres sahest du nichts und wirst nichts Größeres sehen,
Wie es dein Priester Horaz in der Entzückung versprach.
Aber heute verweile mir nicht, und wende die Blicke
Von dem Siebengebirg früher und williger ab!
Einem Dichter zuliebe verkürze die herrlichen Stunden,
Die mit begierigem Blick selig der Maler genießt;

Glühend blicke noch schnell zu diesen hohen Fassaden,
Kuppeln und Säulen zuletzt und Obelisken herauf;
Stürze dich eilig ins Meer, um morgen früher zu sehen,
Was Jahrhunderte schon göttliche Lust dir gewährt:
Diese feuchten, mit Rohr so lange bewachsnen Gestade,
Diese mit Bäumen und Busch düster beschatteten Höhn.
Wenig Hütten zeigten sie erst; dann sahst du auf einmal
Sie vom wimmelnden Volk glücklicher Räuber belebt.
Alles schleppten sie drauf an diese Stätte zusammen;
Kaum war das übrige Rund deiner Betrachtung noch wert.
Sahst eine Welt hier entstehn, sahst dann eine Welt hier in Trümmern,
Aus den Trümmern aufs neu fast eine größere Welt!
Dass ich diese noch lange von dir beleuchtet erblicke,
Spinne die Parze mir klug langsam den Faden herab.
Aber sie eile herbei, die schön bezeichnete Stunde! –
Glücklich! hör ich sie schon? Nein; doch ich höre schon Drei.

So, ihr lieben Musen, betrogt ihr wieder die Länge
Dieser Weile, die mich von der Geliebten getrennt.
Lebet wohl! Nun eil ich, und fürcht euch nicht zu beleidgen;
Denn ihr Stolzen, ihr gebt Amorn doch immer den Rang.

Rastlose Liebe

Dem Schnee, dem Regen,
Dem Wind entgegen,
Im Dampf der Klüfte,
Durch Nebeldüfte,
Immer zu! Immer zu!
Ohne Rast und Ruh!

Lieber durch Leiden
Möcht ich mich schlagen,
Als so viel Freuden
Des Lebens ertragen.

Alle das Neigen
Von Herzen zu Herzen,
Ach, wie so eigen
Schaffet das Schmerzen!

Wie soll ich fliehen?
Wälderwärts ziehen?
Alles vergebens!
Krone des Lebens,
Glück ohne Ruh,
Liebe, bist du!

Nur wer die Sehnsucht kennt,
Weiß, was ich leide!
Allein und abgetrennt
Von aller Freude,
Seh ich ans Firmament
Nach jener Seite.
Ach! der mich liebt und kennt,
Ist in der Weite.
Es schwindelt mir, es brennt
Mein Eingeweide.
Nur wer die Sehnsucht kennt,
Weiß, was ich leide!

An Lida

Den Einzigen, Lida, welchen du lieben kannst,
Forderst du ganz für dich, und mit Recht.
Auch ist er einzig dein.
Denn seit ich von dir bin,
Scheint mir des schnellsten Lebens
Lärmende Bewegung
Nur ein leichter Flor, durch den ich deine Gestalt
Immerfort wie in Wolken erblicke:
Sie leuchtet mir freundlich und treu,
Wie durch des Nordlichts bewegliche Strahlen
Ewige Sterne schimmern.

Nähe des Geliebten

Ich denke dein, wenn mir der Sonne Schimmer
Vom Meere strahlt;
Ich denke dein, wenn sich des Mondes Flimmer
In Quellen malt.

Ich sehe dich, wenn auf dem fernen Wege
Der Staub sich hebt;
In tiefer Nacht, wenn auf dem schmalen Stege
Der Wandrer bebt.

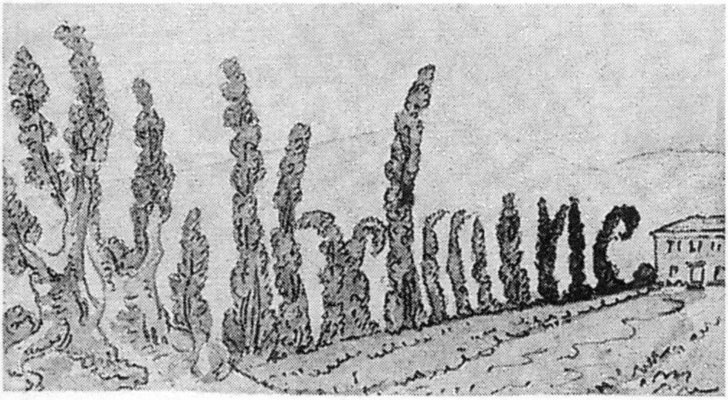

Ich höre dich, wenn dort mit dumpfem Rauschen
　Die Welle steigt.
Im stillen Haine geh ich oft zu lauschen,
　Wenn alles schweigt.

Ich bin bei dir, du seist auch noch so ferne,
　Du bist mir nah!
Die Sonne sinkt, bald leuchten mir die Sterne.
　O wärst du da!

III

Trost in Tränen

Erinnerung

ER

Gedenkst du noch der Stunden,
Wo eins zum andern drang?

SIE

Wenn ich dich nicht gefunden,
War mir der Tag so lang.

ER

Dann herrlich! ein Selbander,
Wie es mich noch erfreut.

SIE

Wir irrten uns aneinander;
Es war eine schöne Zeit.

Nein, nein, ich glaube nicht,
Nein, nicht den Worten!
Worte, ja Worte habt ihr genug!
Liebe, und liebele dorten nur, dorten!
Alles erlogen, alles ist Trug.

Freundin, du Falsche!
Solltest dich schämen!
Lass mich! Ich will nicht,
Will nichts vernehmen.
Doppelte Falschheit,
Doppelter Trug!

Wonne der Wehmut

Trocknet nicht, trocknet nicht,
Tränen der ewigen Liebe!
Ach, nur dem halbgetrockneten Auge
Wie öde, wie tot die Welt ihm erscheint!
Trocknet nicht, trocknet nicht,
Tränen unglücklicher Liebe!

Trost in Tränen

Wie kommts, dass du so traurig bist,
Da alles froh erscheint?
Man sieht dirs an den Augen an,
Gewiss, du hast geweint.

»Und hab ich einsam auch geweint,
So ists mein eigner Schmerz,
Und Tränen fließen gar so süß,
Erleichtern mir das Herz.«

Die frohen Freunde laden dich,
O komm an unsre Brust!
Und was du auch verloren hast,
Vertraue den Verlust.

»Ihr lärmt und rauscht und ahnet nicht,
Was mich, den Armen, quält.
Ach nein, verloren hab ichs nicht,
So sehr es mir auch fehlt.«

So raffe denn dich eilig auf,
Du bist ein junges Blut.
In deinen Jahren hat man Kraft
Und zum Erwerben Mut.

»Ach nein, erwerben kann ichs nicht,
Es steht mir gar zu fern.
Es weilt so hoch, es blinkt so schön,
Wie droben jener Stern.«

Die Sterne, die begehrt man nicht,
Man freut sich ihrer Pracht,
Und mit Entzücken blickt man auf
In jeder heitern Nacht.

»Und mit Entzücken blick ich auf,
So manchen lieben Tag;
Verweinen lasst die Nächte mich,
Solang ich weinen mag.«

Zwei Jahrzehnte kostest du mir: zehn Jahre verlor ich,
Dich zu begreifen, und zehn, mich zu befreien von dir.

IV

Freibeuter

Die Lustigen von Weimar

Donnerstag nach Belvedere,
Freitag gehts nach Jena fort:
Denn das ist, bei meiner Ehre,
Doch ein allerliebster Ort!
Samstags ists, worauf wir zielen,
Sonntag rutscht man auf das Land;
Zwätzen, Burgau, Schneidemühlen
Sind uns alle wohlbekannt.

Montag reizet uns die Bühne;
Dienstag schleicht dann auch herbei,
Doch er bringt zu stiller Sühne
Ein Rapuschchen frank und frei.
Mittwoch fehlt es nicht an Rührung,
Denn es gibt ein gutes Stück;
Donnerstag lenkt die Verführung
Uns nach Belveder' zurück.

Und es schlingt ununterbrochen
Immer sich der Freudenkreis
Durch die zweiundfunfzig Wochen,
Wenn mans recht zu führen weiß.

Spiel und Tanz, Gespräch, Theater,
Sie erfrischen unser Blut;
Lasst den Wienern ihren Prater;
Weimar, Jena, da ists gut!

Gewohnt, getan

Ich habe geliebet, nun lieb ich erst recht!
Erst war ich der Diener, nun bin ich der Knecht.
Erst war ich der Diener von allen;
Nun fesselt mich diese scharmante Person,
Sie tut mir auch alles zur Liebe, zum Lohn,
Sie kann nur allein mir gefallen.

Ich habe geglaubet, nun glaub ich erst recht!
Und geht es auch wunderlich, geht es auch schlecht,
Ich bleibe beim gläubigen Orden:
So düster es oft und so dunkel es war
In drängenden Nöten, in naher Gefahr,
Auf einmal ists lichter geworden.

Ich habe gespeiset, nun speis ich erst gut!
Bei heiterem Sinne, mit fröhlichem Blut
Ist alles an Tafel vergessen.
Die Jugend verschlingt nur, dann sauset sie fort;
Ich liebe, zu tafeln am lustigen Ort,
Ich kost und ich schmecke beim Essen.

Ich habe getrunken, nun trink ich erst gern!
Der Wein, er erhöht uns, er macht uns zum Herrn
Und löset die sklavischen Zungen.
Ja, schonet nur nicht das erquickende Nass:
Denn schwindet der älteste Wein aus dem Fass,
So altern dagegen die jungen.

Ich habe getanzt und dem Tanze gelobt,
Und wird auch kein Schleifer, kein Walzer getobt,
So drehn wir ein sittiges Tänzchen.

Und wer sich der Blumen recht viele verflicht,
Und hält auch die ein und die andere nicht,
Ihm bleibet ein munteres Kränzchen.

Drum frisch nur aufs neue! Bedenke dich nicht:
Denn wer sich die Rosen, die blühenden, bricht,
Den kitzeln fürwahr nur die Dornen.
So heute wie gestern, es flimmert der Stern;
Nur halte von hängenden Köpfen dich fern
Und lebe dir immer von vornen.

Soldatenlied aus Wallensteins Lager

Es leben die Soldaten,
Der Bauer gibt den Braten,
Der Winzer gibt den Most,
Das ist Soldatenkost. Trallerallallallalla.

Der Bürger muss uns backen,
Den Adel muss man zwacken,
Sein Knecht ist unser Knecht,
Das ist Soldatenrecht.

In Wäldern gehn wir pirschen
Nach allen alten Hirschen,
Und bringen frank und frei
Den Männern das Geweih.

Heut schwören wir der Hanne,
Und morgen der Susanne,
Die Lieb ist immer neu,
Das ist Soldatentreu.

Wir schmausen wie Dynasten,
Und morgen heißt es fasten,
Früh reich und Abends bloß,
Das ist Soldatenlos.

Wer hat, der muss nur geben,
Wer nichts hat, der soll leben,
Der Ehmann hat das Weib,
Und wir den Zeitvertreib.

Es heißt bei unsern Festen,
Gestohlen schmeckt's am besten!
Unrechtes Gut macht fett,
Das ist Soldatengebet.

Hans Liederlich und der Kamerade

HANS LIEDERLICH

Ein Glas zu dem Schmatz,
Nun, das schlürft sich so süß!
Versauf ich die Schuh,
So behalt ich die Füß.
A Maid und a Wein,

Musik und Gesang,
I wollt' i, so hätt i's
Das Leben entlang.

Wenn ich scheid aus diesem Elend
Und lass hinter mir ein Testament,
So wird daraus nur ein Zank
Und weiß mir's niemand keinen Dank.
Alles verzehrt vor meinem End,
Das macht ein richtig Testament.

DER KAMERADE

Ein Glas zu dem Schmatz,
Nun, das schlürft sich so süß!
Behaltst du die Schuh,
Nun so schonst du die Füß.
A Maid und a Wein,
Musik und Gesang,
Bezahl sie, so hast sie
Das Leben entlang!

Kophtisches Lied

Lasset Gelehrte sich zanken und streiten,
Streng und bedächtig die Lehrer auch sein!
Alle die Weisesten aller der Zeiten
Lächeln und winken und stimmen mit ein:
Töricht, auf Bessrung der Toren zu harren!
Kinder der Klugheit, o habet die Narren
Eben zum Narren auch, wie sichs gehört!

Merlin der Alte, im leuchtenden Grabe,
Wo ich als Jüngling gesprochen ihn habe,
Hat mich mit ähnlicher Antwort belehrt:
Töricht, auf Bessrung der Toren zu harren!
Kinder der Klugheit, o habet die Narren
Eben zum Narren auch, wie sichs gehört!

Und auf den Höhen der indischen Lüfte
Und in den Tiefen ägyptischer Grüfte
Hab ich das heilige Wort nur gehört:
Töricht, auf Bessrung der Toren zu harren!
Kinder der Klugheit, o habet die Narren
Eben zum Narren auch, wie sichs gehört!

Tolle Zeiten hab ich erlebt, und hab nicht ermangelt,
Selbst auch töricht zu sein, wie es die Zeit mir gebot.

Mit Mädchen sich vertragen,
Mit Männern rumgeschlagen,
Und mehr Kredit als Geld;
So kommt man durch die Welt.

Mit vielem lässt sich schmausen,
Mit wenig lässt sich hausen;
Dass wenig vieles sei,
Schafft nur die Lust herbei.

Will sie sich nicht bequemen,
So müsst ihr's eben nehmen.
Will einer nicht vom Ort,
So jagt ihn grade fort.

Lasst alle nur missgönnen,
Was sie nicht nehmen können,
Und seid von Herzen froh;
Das ist das A und O.

So fahret fort zu dichten,
Euch nach der Welt zu richten.
Bedenkt in Wohl und Weh
Dies goldne A B C.

Vanitas! Vanitatum Vanitas!

Ich hab mein Sach auf Nichts gestellt.
  Juchhe!
Drum ists so wohl mir in der Welt.
  Juchhe!
Und wer will mein Kamerade sein,
Der stoße mit an, der stimme mit ein
Bei dieser Neige Wein.

Ich stellt mein Sach auf Geld und Gut.
  Juchhe!
Darüber verlor ich Freud und Mut.
  O weh!
Die Münze rollte hier und dort,
Und hascht ich sie an einem Ort,
Am andern war sie fort.

Auf Weiber stellt ich nun mein Sach.
  Juchhe!
Daher mir kam viel Ungemach.
  O weh!
Die Falsche sucht' sich ein ander Teil,
Die Treue macht' mir Langeweil,
Die Beste war nicht feil.

Ich stellt mein Sach auf Reis' und Fahrt.
  Juchhe!
Und ließ meine Vaterlandesart.
  O weh!

Und mir behagt' es nirgends recht,
Die Kost war fremd, das Bett war schlecht,
Niemand verstand mich recht.

Ich stellt mein Sach auf Ruhm und Ehr.
  Juchhe!
Und sieh! gleich hatt ein andrer mehr.
  O weh!
Wie ich mich hatt hervorgetan,
Da sahen die Leute scheel mich an,
Hatte keinem recht getan.

Jetzt setzt mein Sach auf Kampf und Krieg.
  Juchhe!
Und uns gelang so mancher Sieg.
  Juchhe!
Wir zogen in Feindes Land hinein,
Dem Freunde sollts nicht viel besser sein,
Und ich verlor ein Bein.

Nun hab ich mein Sach auf Nichts gestellt.
  Juchhe!
Und mein gehört die ganze Welt.
  Juchhe!
Zu Ende geht nun Sang und Schmaus.
Nur trinkt mir alle Neigen aus;
Die letzte muss heraus!

Freibeuter

Mein Haus hat kein Tür,
Mein Tür hat ke Haus;
Und immer mit Schätzel
Hinein und heraus.

Mei Küch hat ke Herd,
Mei Herd hat ke Küch;
Da bratets und siedets
Für sich und für mich.

Mei Bett hat ke G'stell,
Mei G'stell hat ke Bett;
Doch wüsst ich nit enen,
Ders lustiger hett.

Mei Keller is hoch,
Mei Scheuer is tief;
Zuoberst zuunterst –
Da lag ich und schlief.

Und bin ich erwachen,
Da geht es so fort;
Mei Ort hat ke Bleibens,
Mein Bleibens ken Ort.

Hab ich tausendmal geschworen
Dieser Flasche nicht zu trauen,
Bin ich doch wie neugeboren,
Lässt mein Schenke fern sie schauen.
Alles ist an ihr zu loben,
Glaskristall und Purpurwein.
Wird der Pfropf herausgehoben,
Sie ist leer und ich nicht mein.

Hab ich tausendmal geschworen
Dieser Falschen nicht zu trauen,
Und doch bin ich neugeboren,
Lässt sie sich ins Auge schauen.
Mag sie doch mit mir verfahren,
Wie's dem stärksten Mann geschah.
Deine Scher in meinen Haaren,
Allerliebste Delila!

Die gefährliche Wette

Es ist bekannt dass die Menschen, sobald es ihnen einigermaßen wohl und nach Ihrem Sinne geht, alsobald nicht wissen was sie vor Übermut anfangen sollen; und so hatten denn auch mutwillige Studenten die Gewohnheit während der Ferien scharenweis das Land zu durchziehen und nach ihrer Art Suiten zu reißen, welche freilich nicht immer die besten Folgen hatten. Sie waren gar verschiedener Art, wie sie das Burschenleben zusammenführt und bindet. Ungleich von Geburt und Wohlhabenheit, Geist und Bildung, aber alle gesellig in einem heiteren Sinne miteinander sich fortbewegend und treibend. Mich aber wählten sie oft zum Gesellen: denn wenn ich schwerere Lasten trug als einer von ihnen, so mussten sie mir denn auch den Ehrentitel eines großen Suitiers erteilen und zwar hauptsächlich deshalb, weil ich seltener aber desto kräftiger meine Possen trieb, wovon denn folgendes ein Zeugnis geben mag.

Wir hatten auf unseren Wanderungen ein angenehmes Bergdorf erreicht, das bei einer abgeschiedenen Lage den Vorteil einer Poststation und in großer Einsamkeit ein paar hübsche Mädchen zu Bewohnerinnen hatte. Man wollte ausruhen, die Zeit verschlendern, verliebeln, eine Weile wohlfeiler leben und deshalb desto mehr Geld vergeuden.

Es war gerade nach Tisch, als einige sich im erhöhten, andere im erniedrigten Zustand befanden. Die einen lagen und schliefen ihren Rausch aus; die andern hätten ihn gern auf irgend eine mutwillige Weise ausgelassen. Wir hatten ein paar große Zimmer im Seitenflügel nach dem Hof zu. Eine schöne Equipage, die mit vier Pferden hereinrasselte, zog uns an die Fenster. Die Bedienten sprangen vom Bock und halfen einem Herrn von stattlichem vornehmem Ansehen heraus, der ungeachtet seiner Jahre noch rüstig genug auftrat. Seine große wohlgebildete Nase fiel mir zuerst ins Gesicht, und ich weiß nicht was für ein böser Geist mich anhauchte, so dass ich in einem Augenblick den tollsten Plan erfand und ihn, ohne weiter zu denken, sogleich auszuführen begann.

Was dünkt euch von diesem Herrn? fragte ich die Gesellschaft. – Er sieht aus, versetzte der eine, als ob er nicht mit sich spaßen lasse. – Ja, ja, sagte der andre, er hat ganz das Ansehen so eines vornehmen Rührmichnichtan. – Und dessen ungeachtet, erwiderte ich ganz getrost, was wettet ihr, ich will ihn bei der Nase zupfen, ohne dass mir deshalb etwas Übles widerfahre; ja ich will mir sogar dadurch einen gnädigen Herrn an ihm verdienen.

Wenn du es leistest, sagte Raufbold, so zahlt dir jeder einen Louisdor. – Kassieren Sie das Geld für mich ein, rief ich aus: auf Sie verlasse ich mich. – Ich möchte lieber einem Löwen ein Haar von der Schnauze raufen, sagte der Kleine. – Ich habe keine Zeit zu verlieren, versetzte ich und sprang die Treppe hinunter.

Bei dem ersten Anblick des Fremden hatte ich bemerkt, dass er einen sehr starken Bart hatte und vermutete dass keiner von seinen Leuten rasieren könne. Nun begegnete ich dem Kellner und fragte: Hat der Fremde nicht nach einem Barbier gefragt? – Freilich! versetzte der Kellner, und es ist eine rechte Not. Der Kammerdiener des Herrn ist schon zwei Tage zurückgeblieben. Der Herr will seinen Bart absolut los sein, und unser einziger Barbier, wer weiß, wo er in die Nachbarschaft hingegangen.

So meldet mich an, versetzte ich: führt mich als Bartscherer bei dem Herrn nur ein, und ihr werdet Ehre mit mir einlegen. Ich nahm das Rasierzeug das ich im Hause fand und folgte dem Kellner.

Der alte Herr empfing mich mit großer Gravität, besah mich von oben bis unten, als ob er meine Geschicklichkeit aus mir herausphysiognomieren wollte. Versteht er sein Handwerk? sagte er zu mir.

Ich suche meinesgleichen, versetze ich, ohne mich zu rühmen. Auch war ich meiner Sache gewiss: denn ich hatte früh die edle Kunst getrieben und war besonders deswegen berühmt, weil ich mit der linken Hand rasierte.

Das Zimmer, in welchem der Herr seine Toilette machte, ging nach dem Hof und war gerade so gelegen, dass unsere Freunde füglich hereinsehen konnten, besonders wenn die Fenster offen waren. An gehöriger Vorrichtung fehlte nichts mehr. Der Patron hatte sich gesetzt und das Tuch umgenommen. Ich trat ganz bescheidentlich vor ihn hin und sagte: Exzellenz! mir ist bei Ausübung meiner Kunst das Besondere vorgekommen, dass ich die gemeinen Leute besser und zu mehrerer Zufriedenheit rasiert habe, als die Vornehmen. Darüber habe ich denn lange nachgedacht und die Ursache bald da bald dort gesucht, endlich aber gefunden dass ich meine Sache in freier Luft viel besser mache als in verschlossenen Zimmern. Wollten Euer Exzellenz deshalb erlauben dass ich die Fenster aufmache, so würden Sie den Effekt zu eigener Zufriedenheit gar bald empfinden. Er gab es zu, ich öffnete das Fenster, gab meinen Freunden einen Wink und fing an, den starken Bart mit großer Anmut einzuseifen. Ebenso leicht und behend strich ich das Stoppelfeld vom Boden weg, wobei ich nicht versäumte, als es an die Oberlippe kam, meinen Gönner bei der Nase zu fassen, und sie merklich herüber und hinüber zu biegen, wobei ich mich so zu stellen wusste, dass die Wettenden zu ihrem größten Vergnügen erkennen und bekennen mussten, ihre Seite habe verloren.

Sehr stattlich bewegte sich der alte Herr gegen den Spiegel: man sah dass er sich mit einiger Gefälligkeit betrachtete, und wirklich, es war ein sehr schöner Mann. Dann wendete er sich zu mir mit einem feurigen schwarzen aber freundlichen Blick und sagte: Er verdient, mein Freund, vor vielen seinesgleichen gelobt zu werden, denn ich bemerke an ihm weit weniger Unarten als an andern. So fährt er nicht zwei-, dreimal über dieselbige Stelle, sondern es ist mit einem Strich getan; auch streicht er nicht, wie mehrere tun, sein Schermesser in der flachen Hand ab und führt den Unrat nicht der Person über die Nase. Besonders aber ist seine Geschicklichkeit der linken

Hand zu bewundern. Hier ist etwas für seine Mühe, fuhr er fort, indem er mir einen Gulden reichte. Nur eines merk' er sich: dass man Leute von Stande nicht bei der Nase fasst. Wird er diese bäurische Sitte künftig vermeiden, so kann er wohl noch in der Welt sein Glück machen.

Ich verneigte mich tief, versprach alles mögliche, bat ihn bei allenfallsiger Rückkehr mich wieder zu beehren, und eilte was ich konnte zu unseren jungen Gesellen, die mir zuletzt ziemlich Angst gemacht hatten. Denn sie verführten ein solches Gelächter und ein solches Geschrei, sprangen wie toll in der Stube herum, klatschten und riefen, weckten die Schlafenden, und erzählten die Begebenheit immer mit neuem Lachen und Toben, dass ich selbst, als ich ins Zimmer trat, die Fenster vor allen Dingen zumachte und sie um Gottes willen bat, ruhig zu sein, endlich aber mitlachen musste, über das Aussehen einer närrischen Handlung, die ich mit so vielem Ernste durchgeführt hatte.

Als nach einiger Zeit sich die tobenden Wellen des Lachens einigermaßen gelegt hatten, hielt ich mich für glücklich; die Goldstücke hatte ich in der Tasche und den wohlverdienten Gulden dazu und ich hielt mich für ganz wohl ausgestattet, welches mir um so erwünschter war, als die Gesellschaft beschlossen hatte des andern Tages auseinander zu gehen. Aber uns war nicht bestimmt mit Zucht und Ordnung zu scheiden. Die Geschichte war zu reizend, als dass man sie hätte bei sich behalten können; so sehr ich auch gebeten und beschworen hatte, nur bis zur Abreise des alten Herrn reinen Mund zu halten. Einer bei uns, der Fahrige genannt, hatte ein Liebesverständnis mit der Tochter des Hauses. Sie kamen zusammen und Gott weiß, ob er sie nicht besser zu unterhalten wusste; genug, er erzählt ihr den Spaß und so wollten sie sich nun zusammen tot lachen. Dabei blieb es nicht, sondern das Mädchen brachte die Märe lachend weiter und so mochte sie endlich noch kurz vor Schlafengehen an den alten Herrn gelangen.

Wir saßen ruhiger als sonst: denn es war den Tag über genug getobt worden, als auf einmal der kleine Kellner, der uns sehr zugetan war, hereinsprang und rief: Rettet euch man wird euch tot schlagen! Wir fuhren auf und wollten mehr wissen; er war aber schon zur Türe wieder hinaus. Ich sprang auf und schob den Nachtriegel vor; schon aber hörten wir an der Türe pochen und schlagen, ja wir glaubten zu hören, dass sie durch eine Axt gespalten werde. Maschinenmäßig zogen wir uns ins zweite Zimmer zurück, alle waren verstummt: Wir sind verraten, rief ich aus: der Teufel hat uns bei der Nase!

Raufbold griff nach seinem Degen, ich zeigte hier abermals meine Riesenkraft, und schob ohne Beihülfe eine schwere Kommode vor die Türe, die glücklicherweise hereinwärts ging. Doch hörten wir schon das Gepolter im Vorzimmer und die heftigsten Schläge an unsere Türe.

Raufbold schien entschieden sich zu verteidigen, wiederholt aber rief ich ihm und den übrigen zu: Rettet euch! hier sind Schläge zu fürchten nicht allein aber Beschimpfung, das Schlimmere für den Edelgebornen. Das Mädchen stürzte herein, dieselbe die uns verraten hatte, nun verzweifelnd ihren Liebhaber in Todesgefahr zu wissen. Fort, fort! rief sie und fasste ihn an; fort! fort! ich bring' euch über Böden, Scheunen und Gänge. Kommt alle, der letzte zieht die Leiter nach.

Alles stürzte nun zur Hintertüre hinaus; ich hob noch einen Koffer auf die Kiste um die schon hereinbrechenden Füllungen der belagerten Türe zurückzuschieben und festzuhalten. Aber meine Beharrlichkeit, mein Trutz wollte mir verderblich werden.

Als ich den übrigen nachzueilen rannte, fand ich die Leiter schon aufgezogen und sah alle Hoffnung mich zu retten gänzlich versperrt. Da steh' ich nun, ich der eigentliche Verbrecher, der ich mit heiler Haut, mit ganzen Knochen zu entrinnen schon aufgab. Und wer weiß – doch lasst mich immer dort in Gedanken stehen, da ich jetzt hier gegenwärtig euch das Märchen vorerzählen kann. Nur vernehmt noch, dass diese verwegene Suite sich in schlechte Folgen verlor.

Der alte Herr, tief gekränkt von Verhöhnung ohne

Rache, zog sich's zu Gemüte, und man behauptet dieses Ereignis habe seinen Tod zur Folge gehabt, wo nicht unmittelbar, doch mitwirkend. Sein Sohn, den Tätern auf die Spur zu gelangen trachtend, erfuhr unglücklicherweise die Teilnahme Raufbolds, und erst nach Jahren hierüber ganz klar, forderte er diesen heraus und eine Wunde, ihn, den schönen Mann, entstellend, ward ärgerlich für das ganze Leben. Auch seinem Gegner verdarb dieser Handel einige schöne Jahre, durch zufällig sich anschließende Ereignisse.

Da nun jede Fabel eigentlich etwas lehren soll, so ist euch allen, wohin die gegenwärtige gemeint sei, wohl überklar und deutlich.

V
Philister

Der blindeste Egoismus

Der Philister negiert nicht nur andere Zustände, als der seinige ist, er will auch, dass alle übrigen Menschen auf seine Weise existieren sollen. Er geht zu Fuß und ist sein Leben lang zu Fuß gegangen. Nun sieht er jemand in einem Wagen fahren. Was das für eine Narrheit ist, ruft er aus, zu fahren, sich dahin schleppen zu lassen von Pferden! Hat der Kerl nicht Beine! wozu sind denn die Beine anders als zum Gehen? Wenn wir fahren sollten, würde uns Gott keine Beine gegeben haben! – Was ist es denn aber auch weiter! Wenn ich mich auf einen Stuhl setze und Räder unten anbringe und Pferde vorspanne, so kann ich auch fahren so gut wie jener. Das ist keine Kunst!

Man wird in philisterhaften Äußerungen immer finden, dass der Kerl immer zugleich seinen eignen Zustand ausspricht, indem er den fremden negiert, und dass er also den seinigen als allgemein sein sollend verlangt. Es ist der blindeste Egoismus, der von sich selbst nichts weiß, und nicht weiß, dass der der andern ebensoviel Recht hätte, den seinigen auszuschließen, als der seinige hat, den der andern.

Was ist ein Philister?
Ein hohler Darm,
Mit Furcht und Hoffnung ausgefüllt.
Dass Gott erbarm!

Wir lassen nur den Eingang weg und geben übrigens das Schreiben mit weniger Veränderung.

»– So war es und so muss es denn auch wohl recht sein, dass jeder bei jeder Gelegenheit seinem Gewerbe nachgeht und seine Tätigkeit zeigt. Der gute Alte war kaum verschieden, als auch in der nächsten Viertelstunde schon nichts mehr nach seinem Sinne im Hause geschah. Freunde, Bekannte und Verwandte drängten sich zu, besonders aber alle Menschenarten, die bei solchen Gelegenheiten etwas zu gewinnen haben. Man brachte, man trug, man zahlte, schrieb und rechnete; die einen holten Wein und Kuchen, die andern tranken und aßen; niemanden sah ich aber ernsthafter beschäftigt, als die Weiber, indem sie die Trauer aussuchten.

Du wirst mir also verzeihen, mein Lieber, wenn ich bei dieser Gelegenheit auch an meinen Vorteil dachte, mich deiner Schwester so hülfreich und tätig als möglich zeigte, und ihr, sobald es nur einigermaßen schicklich war, begreiflich machte, dass es nunmehr unsre Sache sei, eine Verbindung zu beschleunigen, die unsre Väter aus allzugroßer Umständlichkeit bisher verzögert hatten.

Nun musst du aber ja nicht denken, dass es uns eingefallen sei, das große leere Haus in Besitz zu nehmen. Wir sind bescheidner und vernünftiger; unsern Plan sollst du hören. Deine Schwester zieht nach der Heirat gleich in unser Haus herüber, und sogar auch deine Mutter mit.

Wie ist das möglich? wirst du sagen; ihr habt ja selbst in dem Neste kaum Platz. Das ist eben die Kunst, mein Freund! Die geschickte Einrichtung macht alles möglich, und du glaubst nicht, wie viel Platz man findet, wenn man wenig Raum braucht. Das große Haus verkaufen wir, wozu sich sogleich eine gute Gelegenheit darbietet; das daraus gelöste Geld soll hundertfältige Zinsen tragen.

Ich hoffe du bist damit einverstanden, und wünsche, dass du nichts von den unfruchtbaren Liebhabereien deines Vaters und Großvaters geerbt haben mögest. Dieser setzte seine höchste Glückseligkeit in eine Anzahl unscheinbarer Kunstwerke, die niemand, ich darf wohl sagen niemand, mit ihm genießen konnte: jener lebte in einer kostbaren Einrichtung, die er niemand mit sich genießen ließ. Wir wollen es anders machen, und ich hoffe deine Beistimmung.

Es ist wahr, ich selbst behalte in unserm ganzen Hause keinen Platz als den an meinem Schreibepulte, und noch seh' ich nicht ab, wo man künftig eine Wiege hinsetzen will; aber dafür ist der Raum außer dem Hause desto größer. Die Kaffeehäuser und Klubs für den Mann, die Spaziergänge und Spazierfahrten für die Frau, und die schönen Lustörter auf dem Lande für beide. Dabei ist der größte Vorteil, dass auch unser runder Tisch ganz besetzt ist, und es dem Vater unmöglich wird, Freunde zu sehen, die sich nur desto leichtfertiger über ihn aufhalten, je mehr er sich Mühe gegeben hat, sie zu bewirten.

Nur nichts Überflüssiges im Hause! nur nicht zu viel Möbeln, Gerätschaften, nur keine Kutsche und Pferde! Nichts als Geld, und dann auf eine vernünftige Weise jeden Tag getan, was dir beliebt. Nur keine Garderobe, immer das Neueste und Beste auf dem Leibe; der Mann mag seinen Rock abtragen und die Frau den ihrigen vertrödeln, sobald er nur einigermaßen aus der Mode kömmt. Es ist mir nichts unerträglicher, als so ein alter Kram von Besitztum. Wenn man mir den kostbarsten Edelstein schenken wollte, mit der Bedingung ihn täglich am Finger zu tragen, ich würde ihn nicht annehmen; denn wie lässt sich bei einem toten Kapital nur irgend eine Freude denken? Das ist also mein lustiges Glaubensbekenntnis: seine Geschäfte verrichtet, Geld geschafft, sich mit den Seinigen lustig gemacht, und um die übrige Welt sich nicht mehr bekümmert, als insofern man sie nutzen kann.

Nun wirst du aber sagen: wie ist denn in eurem saubern Plane an mich gedacht? Wo soll ich unterkommen, wenn ihr mir das väterliche Haus verkauft, und in dem eurigen nicht der mindeste Raum übrig bleibt?

Das ist freilich der Hauptpunkt, Brüderchen, und

auf den werde ich dir gleich dienen können, wenn ich dir vorher das gebührende Lob über deine vortrefflich angewendete Zeit werde entrichtet haben.

Sage nur, wie hast du es angefangen, in so wenigen Wochen ein Kenner aller nützlichen und interessanten Gegenstände zu werden? So viel Fähigkeiten ich an dir kenne, hätte ich dir doch solche Aufmerksamkeit und solchen Fleiß nicht zugetraut. Dein Tagebuch hat uns überzeugt, mit welchem Nutzen du die Reise gemacht hast; die Beschreibung der Eisen- und Kupferhämmer ist vortrefflich und zeigt von vieler Einsicht in die Sache. Ich habe sie ehemals auch besucht; aber meine Relation, wenn ich sie dagegen halte, sieht sehr stümpermäßig aus. Der ganze Brief über die Leinwandfabrikation ist lehrreich, und die Anmerkung über die Konkurrenz sehr treffend. An einigen Orten hast du Fehler in der Addition gemacht, die jedoch sehr verzeihlich sind.

Was aber mich und meinen Vater am meisten und höchsten freut, sind deine gründlichen Einsichten in die Bewirtschaftung und besonders in die Verbesserung der Feldgüter. Wir haben Hoffnung, ein großes Gut, das in Sequestration liegt, in einer sehr fruchtbaren Gegend zu erkaufen. Wir wenden das Geld, das wir aus dem väterlichen Hause lösen, dazu an; ein Teil wird geborgt, und ein Teil kann stehen bleiben; und wir rechnen auf dich, dass du dahin ziehst, den Verbesserungen vorstehst, und so kann, um nicht zu viel zu sagen, das Gut in einigen Jahren um ein Drittel an Wert steigen; man verkauft es wieder, sucht ein größeres, verbessert und handelt wieder, und dazu bist du der Mann. Unsere Federn sollen indes zu Hause nicht müßig sein, und wir wollen uns bald in einen beneidenswerten Zustand versetzen.

Jetzt lebe wohl! Genieße das Leben auf der Reise, und ziehe hin, wo du es vergnüglich und nützlich findest. Vor dem ersten halben Jahre bedürfen wir deiner nicht; du kannst dich also nach Belieben in der Welt umsehen: denn die beste Bildung findet ein gescheiter Mensch auf Reisen. Lebe wohl, ich freue mich, so nahe mit dir verbunden, auch nunmehr im Geist der Tätigkeit mit dir vereint zu werden.«

So gut dieser Brief geschrieben war, und so viel ökonomische Wahrheiten er enthalten mochte, missfiel er doch Wilhelmen auf mehr als eine Weise. Das Lob, das er über seine fingierten statistischen, technologischen und ruralischen Kenntnisse erhielt, war ihm ein stiller Vorwurf; und das Ideal, das ihm sein Schwager vom Glück des bürgerlichen Lebens vorzeichnete, reizte ihn keinesweges; vielmehr ward er durch einen heimlichen Geist des Widerspruchs mit Heftigkeit auf die entgegengesetzte Seite getrieben. Er überzeugte sich, dass er nur auf dem Theater die Bildung, die er sich zu geben wünschte, vollenden könne und schien in seinem Entschlusse nur desto mehr bestärkt zu werden, je lebhafter Werner, ohne es zu wissen, sein Gegner geworden war. Er fasste darauf alle seine Argumente zusammen und bestätigte bei sich seine Meinung nur um desto mehr, je mehr er Ursache zu haben glaubte, sie dem klugen Werner in einem günstigen Lichte darzustellen, und auf diese Weise entstand eine Antwort, die wir gleichfalls einrücken.

»Dein Brief ist so wohl geschrieben, und so gescheit und klug gedacht, dass sich nichts mehr dazu setzen lässt. Du wirst mir aber verzeihen, wenn ich sage, dass man gerade das Gegenteil davon meinen, behaupten und tun, und doch auch recht haben kann. Deine Art zu sein und zu denken geht auf einen unbeschränkten Besitz und auf eine leichte lustige Art zu genießen hinaus, und ich brauche dir kaum zu sagen, dass ich daran nichts, was mich reizte, finden kann.

Zuerst muss ich dir leider bekennen, dass mein Tagebuch aus Not, um meinem Vater gefällig zu sein, mit Hülfe eines Freundes aus mehreren Büchern zusammengeschrieben ist, und dass ich wohl die darin enthaltenen Sachen und noch mehrere dieser Art weiß, aber keinesweges verstehe, noch mich damit abgeben mag. Was hilft es mir, gutes Eisen zu fabrizieren, wenn mein eigenes Inneres voller Schlacken ist? und was, ein Landgut in Ordnung zu bringen, wenn ich mit mir selber uneins bin?

Dass ich dir's mit einem Worte sage, mich selbst, ganz wie ich da bin, auszubilden, das war dunkel von Jugend auf mein Wunsch und meine Absicht. Noch hege ich eben diese Gesinnungen, nur das mir die Mittel, die mir es möglich machen werden, etwas deutlicher sind. Ich habe mehr Welt gesehen, als du glaubst, und sie besser benutzt, als du denkst. Schenke deswegen dem, was ich sage, einige Aufmerksamkeit, wenn es gleich nicht ganz nach deinem Sinne sein sollte.

Wäre ich ein Edelmann, so wäre unser Streit bald abgetan; da ich aber nur ein Bürger bin, so muss ich einen eigenen Weg nehmen, und ich wünsche, dass du mich verstehen mögest. Ich weiß nicht wie es in fremden Ländern ist, aber in Deutschland ist nur dem Edelmann eine gewisse allgemeine, wenn ich sagen darf personelle, Ausbildung möglich. Ein Bürger kann sich Verdienst erwerben und zur höchsten Not seinen Geist ausbilden; seine Persönlichkeit geht aber verloren, er mag sich stellen wie er will. Indem es dem Edelmann, der mit den Vornehmsten umgeht, zur Pflicht wird, sich selbst einen vornehmen Anstand zu geben, indem dieser Anstand, da ihm weder Tür noch Tor verschlossen ist, zu einem freien Anstand wird, da er mit seiner Figur, mit seiner Person, es sei bei Hofe oder bei der Armee, bezahlen muss: so hat er Ursache, etwas auf sie zu halten, und zu zeigen, dass er etwas auf sie hält. Eine gewisse feierliche Grazie bei gewöhnlichen Dingen, eine Art von leichtsinniger Zierlichkeit bei ernsthaften und wichtigen kleidet ihn wohl, weil er sehen lässt, dass er überall im Gleichgewicht steht. Er ist eine öffentliche Person, und je ausgebildeter seine Bewegungen, je sonorer seine Stimme, je gehaltner und gemessener sein ganzes Wesen ist, desto vollkommner ist er. Wenn er gegen Hohe und Niedre, gegen Freunde und Verwandte immer eben derselbe bleibt, so ist nichts an ihm auszusetzen, man darf ihn nicht anders wünschen. Er sei kalt, aber verständig; verstellt, aber klug. Wenn er sich äußerlich in jedem Momente seines Lebens zu beherrschen weiß, so hat niemand eine weitere Forderung an ihn zu machen, und alles übrige, was er an und um sich hat, Fähigkeit, Talent, Reichtum, alles scheinen nur Zugaben zu sein.

Nun denke dir irgend einen Bürger, der an jene Vorzüge nur einigen Anspruch zu machen gedächte; durchaus muss es ihm misslingen, und er müsste desto unglücklicher werden, je mehr sein Naturell ihm zu jener Art zu sein Fähigkeit und Trieb gegeben hätte.

Wenn der Edelmann im gemeinen Leben gar keine Grenzen kennt, wenn man aus ihm Könige oder königähnliche Figuren erschaffen kann; so darf er überall mit einem stillen Bewusstsein vor seinesgleichen treten; er darf überall vorwärts dringen, anstatt dass dem Bürger nichts besser ansteht, als das reine stille Gefühl der Grenzlinie, die ihm gezogen ist. Er darf nicht fragen: was bist du? sondern nur: was hast du? welche Einsicht, welche Kenntnis, welche Fähigkeit, wie viel Vermögen? Wenn der Edelmann durch die Darstellung seiner Person alles gibt, so gibt der Bürger durch seine Persönlichkeit nichts und soll nichts geben. Jener darf und soll scheinen; dieser soll nur sein, und was er scheinen will, ist lächerlich und abgeschmackt. Jener soll tun und wirken, dieser soll leisten und schaffen; er soll einzelne Fähigkeiten ausbilden, um brauchbar zu werden, und es wird schon vorausgesetzt, dass in seinem Wesen keine Harmonie sei, noch sein dürfe, weil er, um sich auf eine Weise brauchbar zu machen, alles übrige vernachlässigen muss.

An diesem Unterschiede ist nicht etwa die Anmaßung der Edelleute und die Nachgiebigkeit der Bürger, sondern die Verfassung der Gesellschaft selbst schuld; ob sich daran einmal etwas ändern wird und was sich ändern wird, bekümmert mich wenig; genug, ich habe, wie die Sachen jetzt stehen, an mich selbst zu denken, und wie ich mich selbst und das, was mir ein unerlässliches Bedürfnis ist, rette und erreiche.

Ich habe nun einmal gerade zu jener harmonischen Ausbildung meiner Natur, die mir meine Geburt versagt, eine unwiderstehliche Neigung. Ich habe, seit ich dich verlassen, durch Leibesübung viel gewonnen; ich habe viel von meiner gewöhnlichen Verlegenheit abgelegt und stelle mich so ziemlich dar. Eben so habe ich meine Sprache und Stimme ausgebildet, und ich darf ohne Eitelkeit sagen, dass ich in Gesellschaften nicht missfalle. Nun leugne ich dir nicht, dass mein Trieb täglich unüberwindlicher wird, eine öffentliche Person zu sein, und in einem weitern Kreise zu gefallen und zu wirken. Dazu kömmt meine Neigung zur Dichtkunst und zu allem, was mit ihr in Verbindung steht, und das Bedürfnis, meinen

Geist und Geschmack auszubilden, damit ich nach und nach auch bei dem Genuss, den ich nicht entbehren kann, nur das Gute wirklich für gut und das Schöne für schön halte. Du siehst wohl, dass das alles für mich nur auf dem Theater zu finden ist, und dass ich mich in diesem einzigen Elemente nach Wunsch rühren und ausbilden kann. Auf den Brettern erscheint der gebildete Mensch so gut persönlich in seinem Glanz, als in den obern Klassen; Geist und Körper müssen bei jeder Bemühung gleichen Schritt gehen, und ich werde da so gut sein und scheinen können, als irgend anderswo. Suche ich daneben noch Beschäftigungen, so gibt es dort mechanische Quälereien genug, und ich kann meiner Geduld tägliche Übung verschaffen.

Disputiere mit mir nicht darüber; denn eh du mir schreibst, ist der Schritt schon geschehen. Wegen der herrschenden Vorurteile will ich meinen Namen verändern, weil ich mich ohnehin schäme als Meister aufzutreten. Lebe wohl. Unser Vermögen ist in so guter Hand, dass ich mich darum gar nicht bekümmere; was ich brauche, verlange ich gelegentlich von dir; es wird nicht viel sein, denn ich hoffe, dass mich meine Kunst auch nähren soll.«

Ein Meister einer ländlichen Schule
Erhob sich einst von seinem Stuhle,
Und hatte fest sich vorgenommen
In bessere Gesellschaft zu kommen;
Deswegen er, im nahen Bad,
In den sogenannten Salon eintrat.
Verblüfft war er gleich an der Tür,
Als wenn's ihm zu vornehm widerführ;
Macht daher dem ersten Fremden rechts
Einen tiefen Bückling, es war nichts Schlechts,
Aber hinten hätt er nicht vorgesehn,
Dass da auch wieder Leute stehn,
Gab einem zur Linken in den Schoß
Mit seinem Hintern einen derben Stoß.
Das hätt er schnell gern abgebüßt;
Doch wie er eilig den wieder begrüßt,
So stößt er rechts einen andern an,
Er hat wieder jemand was Leids getan.
Und wie er's diesem wieder abbittet,
Er's wieder mit einem andern verschüttet.
Und komplimentiert sich zu seiner Qual,
Von hinten und vorn, so durch den Saal,
Bis ihm endlich ein derber Geist
Ungeduldig die Türe weist.

Möge doch mancher, in seinen Sünden,
Hievon die Nutzanwendung finden.

Juden und Heiden hinaus! so duldet der christliche Schwärmer.
Christ und Heide verflucht! murmelt ein jüdischer Bart.
Mit den Christen an Spieß und mit den Juden ins Feuer!
Singet ein türkisches Kind Christen und Juden zum Spott.
Welcher ist der klügste? Entscheide! Aber sind diese
Narren in deinem Palast, Gottheit, so geh
ich vorbei.

Brief an Herzog Carl August

Lieber Herre, da bin ich nun. in Leipzig, ist mir sonderlich worden beym Nähern, davon mündlich mehr, und kann nicht genug sagen wie sich mein Erdgeruch und Erdgefühl gegen die schwarz, grau, steifröckigen, krummbeinigen, Perrückengeklebten, Degenschwänzlichen Magisters, gegen die Feyertags berockte, Allmodische, schlanckliche, vieldünckliche Studenten Buben, gegen die Zuckende, krinsende, schnäbelnde, und schwumelende Mägdlein, und gegen die Hurenhaffte, strozzliche, schwänzliche und finzliche Junge Mägde ausnimmt, welcher Greuel mir alle heut um die Thoren als an Marientags Tags Feste entgegnet sind. Dagegen preservirt mein äuseres und inneres der Engel die Schrödern von der mich Gott bewahre was zu sagen. Sie grüsst und Steinauer nach Maasgabe ihres Beyleyds über Hochdero Ausenbleiben und so weiter. Ich bin seit vier und zwanzig Stunden |: denn es ist netto Abends Achte :| nicht bey Sinnen, das heisst bey zu vielen Sinnen, über und unsinnlich. Habe die Nacht durch manches Knäulgen Gedancken Zwirn auf und abgewickelt, diesen Morgen stieg mir die göttliche Sonne hinter Naumburg auf. Ade lieber gnädiger Herr! – Und somit können Sie nie aufhören zu fühlen, dass ich Sie liebhabe. NB. Bleibe das wahre Detail zur Rückkunft schuldig, als da sind pp. Leipzig d. 25. Merz 76

G.

VI

An die Obern

Republiken hab ich gesehn, und das ist die beste,
Die dem regierenden Teil Lasten, nicht Vorteil gewährt.

Brief an Carl von Knebel

Illmenau d. 17ten Apr. 82

Die Erinnerung der guten Zeiten die wir vermischt mit bösen Stunden zusammen hier genossen treibt mich an, dir zu schreiben, besonders da ich weis, wenn ich nach Weimar zurückkomme drängt sich gleich eine Menge Sachen auf mich zu. …

Du erinnerst dich noch mit welcher Sorgfalt und Leidenschafft ich die Gebürge durchstrich, und ich die Abwechslungen der Landsarten zu erkennen mir angelegen seyn lies. Das hab ich nun, wie auf einer Einmal eins Tafel, und weis von iedem Berg und ieder Flur Rechenschafft zu geben. Dieses Fundament läßt mich nun gar sicher auftreten, ich gehe weiter und sehe nun, zu was die Natur ferner diesen Boden benutzt und was der Mensch sich zu eigen macht. … Du weißt aber wenn die Blattläuse auf den Rosenzweigen sitzen und sich hübsch dick und grün gesogen haben, dann kommen die Ameisen und saugen ihnen den filtrirten Safft aus den Leibern. Und so gehts weiter, und wir habens so weit gebracht, daß oben immer in einem Tage mehr verzehrt wird, als unten in einem beygebracht (organisirt) werden kann. …

Drangvolle Welt

Allein mich hatte eine tiefe, bedeutende, drangvolle Welt schon früher angesprochen. Bei meiner Geschichte mit Gretchen und an den Folgen derselben hatte ich zeitig in die seltsamen Irrgänge geblickt, mit welchen die bürgerliche Sozietät unterminiert ist. Religion, Sitte, Gesetz, Stand, Verhältnisse, Gewohnheit, alles beherrscht nur die Oberfläche des städtischen Daseins. Die von herrlichen Häusern eingefassten Straßen werden reinlich gehalten, und jedermann beträgt sich daselbst anständig genug; aber im Innern sieht es öfters um desto wüster aus, und ein glattes Äußere übertüncht, als ein schwacher Bewurf, manches morsche Gemäuer, das über Nacht zusammenstürzt, und eine desto schrecklichere Wirkung hervorbringt, als es mitten in den friedlichen Zustand hereinbricht. Wie viele Familien hatte ich nicht schon näher und ferner durch Bankrotte, Ehescheidungen, verführte Töchter, Morde, Hausdiebstähle, Vergiftungen entweder ins Verderben stürzen, oder auf dem Rande kümmerlich erhalten sehen, und hatte, so jung ich war, in solchen Fällen zu Rettung und Hülfe öfters die Hand geboten: denn da meine Offenheit Zutrauen erweckte, meine Verschwiegenheit erprobt war, meine Tätigkeit keine Opfer scheute und in den gefährlichsten Fällen am liebsten wirken mochte, so fand ich oft genug Gelegenheit zu vermitteln, zu vertuschen, den Wetterstrahl abzuleiten, und was sonst nur alles geleistet werden kann; wobei es nicht fehlen konnte, dass ich sowohl an mir selbst, als durch andere zu manchen kränkenden und demütigenden Erfahrungen gelangen musste. Um mir Luft zu verschaffen entwarf ich mehrere Schauspiele und schrieb die Expositionen von den meisten.

Von uns alten Europäern

»Es liegen in der menschlichen Natur wunderbare Kräfte«, erwiderte Goethe, »und eben wenn wir es am wenigsten hoffen, hat sie etwas Gutes für uns in Bereitschaft. – Ich habe in meinem Leben Zeiten gehabt, wo ich mit Tränen einschlief; aber in meinen Träumen kamen nun die lieblichsten Gestalten, mich zu trösten und zu beglücken, und ich stand am andern Morgen wieder frisch und froh auf den Füßen.

Es geht uns alten Europäern übrigens mehr oder weniger allen herzlich schlecht; unsere Zustände sind viel zu künstlich und kompliziert, unsere Nahrung und Lebensweise ist ohne die rechte Natur und unser geselliger Verkehr ohne eigentliche Liebe und Wohlwollen. – Jedermann ist fein und höflich, aber niemand hat den Mut, gemütlich und wahr zu sein, so dass ein redlicher Mensch mit natürlicher Neigung und Gesinnung einen recht bösen Stand hat. Man sollte oft wünschen, auf einer der Südseeinseln als sogenannter Wilder geboren zu sein, um nur einmal das menschliche Dasein, ohne falschen Beigeschmack, durchaus rein zu genießen.

Denkt man sich, bei deprimierter Stimmung, recht tief in das Elend unserer Zeit hinein, so kommt es einem oft vor, als wäre die Welt nach und nach zum Jüngsten Tage reif. – Und das Übel häuft sich von Generation zu Generation! – Denn nicht genug, dass wir an den Sünden unserer Väter zu leiden haben, sondern wir überliefern auch diese geerbten Gebrechen, mit unseren eigenen vermehrt, unsern Nachkommen.«

Besorgnis

Eines wird mich verdrießen für meine lieben Gedichtchen:
Wenn sie die W – Zensur durch ihr Verbot nicht bekränzt.

Die Zeitung

Und dass deine Söhne nur lesen, sofern es zum Sinne
Ihrer Bildung gehört, das brauch ich dir nicht zu sagen,
Denn das richtest du selber mit kluger Vorsicht und Plan ein.
Gut, so wären wir denn im Hause sicher, wir hätten
Unsrer Kinder Seelen gesegnet, wofern sie das Beispiel,
Das lebendiger lehrt als tote Lettern, verschonet.
Aber sage mir nun, versetzest du zweifelnd, was sollen
Von der Menge wir denken, die viele schädliche Schriften
Lesen, um eigne Bosheit an fremden Zeilen zu wetzen.

Auch darüber sag ich mein Wort. Ich kenne nur *eine*
Ganz verderbliche Schrift, die allen Menschen die
Köpfe
Ganz und völlig verrückt, die allen mit heftigen Reden
Und Geschichten die Seele zerstört, so dass man die
klügsten
Nicht zu kennen vermag; denn eben weil sie in Worten
Mehr oder weniger sagt, und weil sie am Ende die
Wahrheit
Sagen muss, so glaubt ihr ein jeder und höret das
Falsche
Mit dem Wahren so gern, und höret im Falschen und
Wahren
Seine Meinung allein. Und diese Schrift, sie
erscheinet
Selbst von Kaiser und Reich und allen Fürsten
begünstigt.
Was verbietest du noch, wenn diese …, wenn diese
....
Verkündung.
Du verstehst mich, ich meine die Zeitung, und sage
dir redlich,
Sie ist die gefährlichste Schrift, indem sie die
Tollheit,
Die Verruchtheit der Menschen, den Leichtsinn, die
Dummheit und
Was nur jeden Plan der Vern[unft] zerstört, so
deutlich darlegt.

Da ist keiner, er sei toll und dumm, er findet noch
Schlimmere Werke da oder dort. Verworren verwirrt er,
Und der Kluge … allen, die wie seine Vorfahren.
Könnt ihr also die Menschen nicht hindern zu hören, was täglich
Außer ihnen geschieht, so lasst sie auch ohne Bedenken,
Ohngehindert sie hören, was außer ihnen gemeint wird.
Wär ich ein Fürst, ich ließe sogleich aufrührische Schriften
Alle kaufen und teilte sie aus, damit sich ein jeder
Satt dran läse, damit nichts Tolles könne gesagt sein,
Was man nicht läse bei mir. Allein ich würde zugleich auch
Jeden Zweck der Tätigkeit ehren von dem, an der die Erde,
Sie zu befruchten, bewegt, bis zu den geistigen Denkern
Oder Künstlern; es sollte kein Mann der ……….
Feiern, es lägen gewiss die vielfach bunten Hefte,
Die wie Schale den Kern bedecken ……………

Ich habe gar nichts gegen die Menge;
Doch kommt sie einmal ins Gedränge,
So ruft sie, um den Teufel zu bannen,
Gewiss die Schelme, die Tyrannen.

Dich betrügt der Staatsmann, der Pfaffe, der Lehrer
der Sitten,
Und dies Kleeblatt, wie tief betest du Pöbel es an.
Leider lässt sich noch kaum was Rechtes denken und
sagen
Das nicht grimmig den Staat, Götter und Sitten
verletzt.

An die Obern

Immer bellt man auf euch! Bleibt sitzen! Es wünschen die Beller
Jene Plätze, wo man ruhig das Bellen vernimmt.

Alle Freiheitsapostel, sie waren mir immer zuwider;
Willkür suchte doch nur jeder am Ende für sich.
Willst du viele befrein, so wag es, vielen zu dienen.
Wie gefährlich das sei, willst du es wissen? Versuchs!

Könige wollen das Gute, die Demagogen desgleichen,
Sagt man; doch irren sie sich: Menschen, ach, sind sie wie wir.
Nie gelingt es der Menge, für sich zu wollen, wir wissens;
Doch wer verstehet, für uns alle zu wollen, er zeigs!

»Sage, tun wir nicht recht? Wir müssen den Pöbel betrügen.
Sieh nur, wie ungeschickt wild, sieh nur, wie dumm er sich zeigt!«

Ungeschickt scheint er und dumm, weil ihr ihn eben betrüget;
Seid nur redlich, und er, glaubt mir, ist menschlich und klug.

Jene Menschen sind toll, so sagt ihr von heftigen Sprechern,
Die wir in Frankreich laut hören auf Straßen und Markt.
Mir auch scheinen sie toll; doch redet ein Toller in Freiheit
Weise Sprüche, wenn ach! Weisheit im Sklaven verstummt.

»Kennen Sie meine Aufgeregten?«

Erst gestern, erwiderte ich, habe ich wegen der neuen Ausgabe Ihrer Werke das Stück gelesen und von Herzen bedauert, dass es unvollendet geblieben. Aber wie es auch ist, so wird sich jeder Wohldenkende zu Ihrer Gesinnung bekennen.

»Ich schrieb es zur Zeit der Französischen Revolution«, fuhr Goethe fort, »und man kann es gewissermaßen als mein politisches Glaubensbekenntnis jener Zeit ansehen. Als Repräsentanten des Adels hatte ich die Gräfin hingestellt und mit den Worten, die ich ihr in den Mund gelegt, ausgesprochen, wie der Adel eigentlich denken soll. Die Gräfin kommt soeben aus Paris zurück, sie ist dort Zeuge der revolutionären Vorgänge gewesen und hat daraus für sich selbst keine schlechte Lehre gezogen. Sie hat sich überzeugt, dass das Volk wohl zu drücken, aber nicht zu unterdrücken ist und dass die revolutionären Aufstände der unteren Klassen eine Folge der Ungerechtigkeiten der Großen sind. Jede Handlung, die mir unbillig scheint, sagt sie, will ich künftig streng vermeiden, auch werde ich über solche Handlungen anderer, in der Gesellschaft und bei Hofe, meine Meinung laut sagen. Zu keiner Ungerechtigkeit will ich mehr schweigen, und wenn ich auch unter dem Namen einer Demokratin verschrien werden sollte.

Ich dächte«, fuhr Goethe fort, »diese Gesinnung wäre durchaus respektabel. Sie war damals die meinige und ist es noch jetzt. Zum Lohne dafür aber belegte man mich mit allerlei Titeln, die ich nicht wiederholen mag.«

Man braucht nur den Egmont zu lesen, versetzte ich, um zu erfahren, wie Sie denken. Ich kenne kein deutsches Stück, wo der Freiheit des Volkes mehr das Wort geredet würde als in diesem.

»Man beliebt einmal«, erwiderte Goethe, »mich nicht so sehen zu wollen, wie ich bin, und wendet die Blicke von allem hinweg, was mich in meinem wahren Lichte zeigen könnte. Dagegen hat Schiller, der, unter uns, weit mehr ein Aristokrat war als ich, der aber weit mehr bedachte, was er sagte, als ich, das merkwürdige Glück, als besonderer Freund des Volkes zu gelten. Ich gönne es ihm von Herzen und tröste mich damit, dass es anderen vor mir nicht besser gegangen.

Es ist wahr, ich konnte kein Freund der Französischen Revolution sein, denn ihre Greuel standen mir zu nahe und empörten mich täglich und stündlich, während ihre wohltätigen Folgen damals noch nicht zu ersehen waren. Auch konnte ich nicht gleichgültig dabei sein, dass man in Deutschland künstlicherweise ähnliche Szenen herbeizuführen trachtete, die in Frankreich Folge einer großen Notwendigkeit waren.

Ebensowenig aber war ich ein Freund herrischer

Willkür. Auch war ich vollkommen überzeugt, dass irgendeine große Revolution nie Schuld des Volkes ist, sondern der Regierung. Revolutionen sind ganz unmöglich, sobald die Regierungen fortwährend gerecht und fortwährend wach sind, so dass sie ihnen durch zeitgemäße Verbesserungen entgegenkommen und sich nicht so lange sträuben, bis das Notwendige von unten her erzwungen wird.

Weil ich nun aber die Revolutionen hasste, so nannte man mich einen Freund des Bestehenden. Das ist aber ein sehr zweideutiger Titel, den ich mir verbitten möchte. Wenn das Bestehende alles vortrefflich, gut und gerecht wäre, so hätte ich gar nichts dawider. Da aber neben vielem Guten zugleich viel Schlechtes, Ungerechtes und Unvollkommenes besteht, so heißt ein Freund des Bestehenden oft nicht viel weniger als ein Freund des Veralteten und Schlechten.

Die Zeit aber ist in ewigem Fortschreiten begriffen, und die menschlichen Dinge haben alle fünfzig Jahre eine andere Gestalt, so dass eine Einrichtung, die im Jahre 1800 eine Vollkommenheit war, schon im Jahre 1850 vielleicht ein Gebrechen ist.

Und wiederum ist für eine Nation nur das gut, was aus ihrem eigenen Kern und ihrem eigenen allgemeinen Bedürfnis hervorgegangen, ohne Nachäffung einer anderen. Denn was dem einen Volk auf einer gewissen Altersstufe eine wohltätige Nahrung sein kann, erweist sich vielleicht für ein anderes als ein Gift. Alle Versuche, irgendeine ausländische Neuerung einzuführen, wozu das Bedürfnis nicht im tiefen Kern der eigenen Nation wurzelt, sind daher töricht, und alle beabsichtigten Revolutionen solcher Art ohne Erfolg; denn sie sind ohne Gott, der sich von solchen Pfuschereien zurückhält. Ist aber ein wirkliches Bedürfnis zu einer großen Reform in einem Volke vorhanden, so ist Gott mit ihm, und sie gelingt.«

Das deutsche Reich

Deutschland? Aber wo liegt es? Ich weiß das Land nicht zu finden,
Wo das gelehrte beginnt, hört das politische auf.

Deutscher Nationalcharakter

Zur *Nation* euch zu bilden, ihr hoffet es, Deutsche, vergebens;
Bildet, ihr könnt es, dafür freier zu Menschen euch aus.

VII

Fehler der Jugend, Fehler des Alters

»Sag uns Jungen doch auch was zuliebe!«
Nun! dass ich euch Jungen gar herzlichen liebe!
Denn als ich war als Junge gesetzt,
Hatt ich mich auch viel lieber als jetzt.

Vom Nutzen des Nutzlosen

Als Wilhelm seine Mutter des andern Morgens begrüßte, eröffnete sie ihm, dass der Vater sehr verdrießlich sei und ihm den täglichen Besuch des Schauspiels nächstens untersagen werde. Wenn ich gleich selbst, fuhr sie fort, manchmal gern ins Theater gehe, so möchte ich es doch oft verwünschen, da meine häusliche Ruhe durch deine unmäßige Leidenschaft zu diesem Vergnügen gestört wird. Der Vater wiederholt immer, wozu es nur nütze sei? Wie man seine Zeit nur so verderben könne?

Ich habe es auch schon von ihm hören müssen, versetzte Wilhelm, und habe ihm vielleicht zu hastig geantwortet; aber ums Himmels willen, Mutter! ist denn alles unnütz, was uns nicht unmittelbar Geld in den Beutel bringt, was uns nicht den allernächsten Besitz verschafft? Hatten wir in dem alten Hause nicht Raum genug? und war es nötig, ein neues zu bauen? Verwendet der Vater nicht jährlich einen ansehnlichen Teil seines Handelsgewinnes zur Verschönerung der Zimmer? Diese seidenen Tapeten, diese englischen Mobilien sind sie nicht auch unnütz? Könnten wir uns nicht mit geringeren begnügen? Wenigstens bekenne ich, dass mir diese gestreiften Wände, diese hundertmal wiederholten Blumen, Schnörkel, Körbchen und Figuren einen durchaus unangenehmen Eindruck machen. Sie kommen mir höchstens vor, wie unser Theatervorhang. Aber wie anders ist's vor diesem zu sitzen! Wenn man noch so lange warten muss, so weiß man doch, er wird in die Höhe gehen, und wir werden die mannigfaltigsten Gegenstände sehen, die uns unterhalten, aufklären und erheben.

Mach es nur mäßig, sagte die Mutter: der Vater will auch abends unterhalten sein; und dann glaubt er, es zerstreue dich, und am Ende trag' ich, wenn er verdrießlich wird, die Schuld. Wie oft musste ich mir das verwünschte Puppenspiel vorwerfen lassen, das ich euch vor zwölf Jahren zum heiligen Christ gab, und das euch zuerst Geschmack am Schauspiele beibrachte!

Schelten Sie das Puppenspiel nicht, lassen Sie sich Ihre Liebe und Vorsorge nicht gereuen! Es waren die ersten vergnügten Augenblicke, die ich in dem neuen leeren Hause genoss …

Hör auf doch, mit Weisheit zu prahlen, zu prangen,
Bescheidenheit würde dir löblicher stehn.
Kaum hast du die Fehler der Jugend begangen,
So musst du die Fehler des Alters begehn.

Hab ich gerechterweise verschuldet
Diese Strafe in alten Tagen?
Erst hab ichs an den Vätern erduldet,
Jetzt muss ichs an den Enkeln ertragen.

»Der erste Greis,
den ich vernünftig fand!«

BACCALAUREUS

Mein alter Herr! wir sind am alten Orte;
Bedenkt jedoch erneuter Zeiten Lauf
Und sparet doppelsinnige Worte!
Wir passen nun ganz anders auf.
Ihr hänseltet den guten, treuen Jungen:
Das ist Euch ohne Kunst gelungen,
Was heutzutage niemand wagt.

MEPHISTOPHELES

Wenn man der Jugend reine Wahrheit sagt,
Die gelben Schnäbeln keineswegs behagt,
Sie aber hinterdrein nach Jahren
Das alles derb an eigner Haut erfahren,
Dann dünkeln sie, es käm aus eignem Schopf;
Da heißt es denn: der Meister war ein Tropf.

BACCALAUREUS

Ein Schelm vielleicht! Denn welcher Lehrer spricht
Die Wahrheit uns direkt ins Angesicht?
Ein jeder weiß zu mehren wie zu mindern,
Bald ernst, bald heiter-klug zu frommen Kindern.

MEPHISTOPHELES

Zum Lernen gibt es freilich eine Zeit;
Zum Lehren seid Ihr, merk ich, selbst bereit.
Seit manchen Monden, einigen Sonnen
Erfahrungsfülle habt Ihr wohl gewonnen.

BACCALAUREUS

Erfahrungswesen! Schaum und Dust!
Und mit dem Geist nicht ebenbürtig!
Gesteht: was man von je gewusst,
Es ist durchaus nicht wissenswürdig!

MEPHISTOPHELES *(nach einer Pause)*

Mich deucht es längst! Ich war ein Tor,
Nun komm ich mir recht schal und albern vor.

BACCALAUREUS

Das freut mich sehr! da hör ich doch Verstand!
Der erste Greis, den ich vernünftig fand!

VIII

Fliehe dieses Land!

Perfektibilität

Möcht ich doch wohl besser sein,
Als ich bin! Was wär es!
Soll ich aber besser sein,
Als du bist, so lehr es!

Möcht ich auch wohl besser sein
Als so mancher andre!
»Willst du besser sein als wir,
Lieber Freund, so wandre.«

Ungeduld

Immer wieder in die Weite,
Über Länder an das Meer,
Phantasien, in der Breite
Schwebt am Ufer hin und her!
Neu ist immer die Erfahrung:
Immer ist dem Herzen bang,
Schmerzen sind der Jugend Nahrung,
Tränen seliger Lobgesang.

Zweite Ode an meinen Freund

Du gehst! Ich murre.
Geh! Lass mich murren.
Ehrlicher Mann,
Fliehe dieses Land*.

Tote Sümpfe,
Dampfende Oktobernebel
Verweben ihre Ausflüsse
Hier unzertrennlich.

* Gemeint ist Leipzig, wo Goethes Freund Ernst Wolfgang Behrisch (1738–1809) beim Grafen Lindenau eine Hofmeister-Stelle hatte, die er wegen übler Nachrede verlor, worauf er die Stadt verließ.

Gebärort
Schädlicher Insekten,
Mörderhülle
Ihrer Bosheit.

Am schilfigten Ufer
Liegt die wollüstige,
Flammengezüngte Schlange,
Gestreichelt vom Sonnenstrahl.

Fliehe sanfte Nachtgänge
In der Mondendämmerung,
Dort halten zuckende Kröten
Zusammenkünfte auf Kreuzwegen.

Schaden sie nicht,
Werden sie schrecken.
Ehrlicher Mann,
Fliehe dieses Land!

Dritte Ode
an meinen Freund

Sei gefühllos!
Ein leichtbewegtes Herz
Ist ein elend Gut
Auf der wankenden Erde.

Behrisch, des Frühlings Lächeln
Erheitre deine Stirne nie,
Nie trübt sie dann mit Verdruss
Des Winters stürmischer Ernst.

Lehne dich nie an des Mädchens
Sorgenverwiegende Brust,
Nie auf des Freundes
Elendtragenden Arm.

Schon versammelt
Von seiner Klippenwarte
Der Neid auf dich
Den ganzen luchsgleichen Blick,

Dehnt die Klauen,
Stürzt und schlägt
Hinterlistig sie
Dir in die Schultern.

Stark sind die magern Arme,
Wie Pantherarme,
Er schüttelt dich
Und reißt dich los.

Tod ist Trennung,
Dreifacher Tod
Trennung ohne Hoffnung
Wiederzusehn.

Gerne verließest du
Dieses gehasste Land,
Hielte dich nicht Freundschaft
Mit Blumenfesseln an mir.

Zerreiß sie! Ich klage nicht.
Kein edler Freund
Hält den Mitgefangenen,
Der fliehn kann, zurück.

Der Gedanke
Von des Freundes Freiheit
Ist ihm Freiheit
Im Kerker.

Du gehst, ich bleibe.
Aber schon drehen
Des letzten Jahrs Flügelspeichen
Sich um die rauchende Achse.

Ich zähle die Schläge
Des donnernden Rads,
Segne den letzten,
Da springen die Riegel, frei bin ich wie du.

Den Vereinigten Staaten

Amerika, du hast es besser
Als unser Kontinent, das alte,
Hast keine verfallene Schlösser
Und keine Basalte.

Dich stört nicht im Innern,
Zu lebendiger Zeit,
Unnützes Erinnern
Und vergeblicher Streit.

Benutzt die Gegenwart mit Glück!
Und wenn nun eure Kinder dichten,
Bewahre sie ein gut Geschick
Vor Ritter-, Räuber- und Gespenstergeschichten.

Aus Werthers Papieren

Als vor mehreren Jahren uns nachstehende Briefe abschriftlich mitgeteilt wurden, behauptete man, sie unter Werthers Papieren gefunden zu haben, und wollte wissen, dass er vor seiner Bekanntschaft mit Lotten in der Schweiz gewesen. Die Originale haben wir niemals gesehen und mögen übrigens dem Gefühl und Urteil des Lesers auf keine Weise vorgreifen: denn, wie dem auch sei, so wird man die wenigen Blätter nicht ohne Teilnahme durchlaufen können.

...

Frei wären die Schweizer? frei diese wohlhabenden Bürger in den verschlossenen Städten? frei diese armen Teufel an ihren Klippen und Felsen? Was man dem Menschen nicht alles weismachen kann! besonders wenn man so ein altes Märchen in Spiritus aufbewahrt. Sie machten sich einmal von einem Tyrannen los und konnten sich in einem Augenblick frei denken; nun erschuf ihnen die liebe Sonne aus dem Aas des Unterdrückers einen Schwarm von kleinen Tyrannen durch eine sonderbare Wiedergeburt; nun erzählen sie das alte Märchen immer fort, man hört bis zum Überdruss: sie hätten sich einmal frei gemacht und wären frei geblieben; und nun sitzen sie hinter ihren Mauern, eingefangen von ihren Gewohnheiten und Gesetzen, ihren Fraubasereien und Philistereien, und da draußen auf den Felsen ist's auch wohl der Mühe wert, von Freiheit zu reden, wenn man das halbe Jahr vom Schnee wie ein Murmeltier gefangen gehalten wird.

Pfui, wie sieht so ein Menschenwerk und so ein schlechtes notgedrungenes Menschenwerk, so ein schwarzes Städtchen, so ein Schindel- und Steinhaufen, mitten in der großen herrlichen Natur aus! Große Kiesel- und andere Steine auf den Dächern, dass ja der Sturm ihnen die traurige Decke nicht vom Kopfe wegführe, und den Schmutz, den Mist! und staunende Wahnsinnige! – Wo man den Menschen nur wieder begegnet, möchte man von ihnen und ihren kümmerlichen Werken gleich davonfliehen.

Dass in den Menschen so viele geistige Anlagen sind, die sie im Leben nicht entwickeln können, die auf eine bessere Zukunft, auf ein harmonisches Dasein deuten, darin sind wir einig, mein Freund, und meine andere Grille kann ich auch nicht aufgeben, ob du mich gleich schon oft für einen Schwärmer erklärt hast. Wir fühlen auch die Ahnung körperlicher Anlagen, auf deren Entwickelung wir in diesem Leben Verzicht tun müssen: so ist es ganz gewiss mit dem Fliegen. So wie mich sonst die Wolken schon reizten, mit ihnen fort in fremde Länder zu ziehen, wenn sie hoch über meinem Haupte wegzogen, so steh ich jetzt oft in Gefahr, dass sie mich von einer Felsenspitze mitnehmen, wenn sie an mir vorbeiziehen. Welche Begierde fühl ich, mich in den unendlichen Luftraum zu stürzen, über den schauerlichen Abgründen zu schweben und mich auf einen unzugänglichen Felsen niederzulassen. Mit welchem Verlangen hol ich tiefer und tiefer Atem, wenn der Adler in dunkler blauer Tiefe, unter mir, über Felsen und Wäldern schwebt, und in Gesellschaft eines Weibchens um den Gipfel, dem er seinen Horst und seine Jungen anvertrauet hat, große Kreise in sanfter Eintracht zieht. Soll ich denn nur immer die Höhe erkriechen, am höchsten Felsen wie am niedrigsten Boden kleben, und wenn ich mühselig mein Ziel erreicht habe, mich ängstlich anklammern, vor der Rückkehr schaudern und vor dem Falle zittern?

Mit welchen sonderbaren Eigenheiten sind wir doch geboren! welches unbestimmte Streben wirkt in uns! wie seltsam wirken Einbildungskraft und körperliche Stimmungen gegeneinander! Sonderbarkeiten meiner frühen Jugend kommen wieder hervor. Wenn ich einen langen Weg vor mich hingehe und der Arm an meiner Seite schlenkert, greif ich manchmal zu, als wenn ich einen Wurfspieß fassen wollte, ich schleudre ihn, ich weiß nicht auf wen, ich weiß nicht auf was; dann kommt ein Pfeil gegen mich angeflogen und durchbohrt mir das Herz; ich schlage mit der Hand auf die Brust und fühle eine unaussprechliche Süßigkeit, und kurz darauf bin ich wieder in meinem natürlichen Zustande. Woher kommt mir die Erscheinung? was soll sie heißen und warum wiederholt sie sich immer ganz mit denselben Bildern, derselben körperlichen Bewegung, derselben Empfindung?

…

Was bildet man nicht immer an unserer Jugend! Da sollen wir bald diese, bald jene Unart ablegen, und doch sind die Unarten meist eben so viele Organe, die dem Menschen durch das Leben helfen. Was ist man nicht hinter dem Knaben her, dem man einen Funken Eitelkeit abmerkt! Was ist der Mensch für eine elende Kreatur, wenn er alle Eitelkeit abgelegt hat! Wie ich zu dieser Reflexion gekommen bin, will ich dir sagen: Vorgestern gesellte sich ein junger

Mensch zu uns, der mir und Ferdinanden äußerst zuwider war. Seine schwachen Seiten waren so herausgekehrt, seine Leerheit so deutlich, seine Sorgfalt fürs Äußere so auffallend, wir hielten ihn so weit unter uns, und überall war er besser aufgenommen als wir. Unter andern Torheiten trug er eine Unterweste von rotem Atlas, die am Halse so zugeschnitten war, dass sie wie ein Ordensband aussah. Wir konnten unsern Spott über diese Albernheit nicht verbergen; er ließ alles über sich ergehen, zog den besten Vorteil hervor und lachte uns wahrscheinlich heimlich aus. Denn Wirt und Wirtin, Kutscher, Knecht und Mägde, sogar einige Passagiere, ließen sich durch diese Scheinzierde betriegen, begegneten ihm höflicher als uns, er ward zuerst bedient, und zu unserer größten Demütigung sahen wir, dass die hübschen Mädchen im Haus besonders nach ihm schielten. Zuletzt mussten wir die durch sein vornehmes Wesen teurer gewordne Zeche zu gleichen Teilen tragen. Wer war nun der Narr im Spiel? er wahrhaftig nicht!

Es ist was Schönes und Erbauliches um die Sinnbilder und Sittensprüche, die man hier auf den Öfen antrifft. Hier hast du die Zeichnung von einem solchen Lehrbild, das mich besonders ansprach. Ein Pferd mit dem Hinterfuße an einen Pfahl gebunden grast umher, so weit es ihm der Strick zulässt, unten steht geschrieben: Lass mich mein bescheiden Teil

Speise dahin nehmen. So wird es ja wohl auch bald mit mir werden, wenn ich nach Hause komme und nach eurem Willen, wie das Pferd in der Mühle, meine Pflicht tue und dafür, wie das Pferd hier am Ofen, einen wohl abgemessenen Unterhalt empfahe. Ja, ich komme zurück, und was mich erwartet, war wohl der Mühe wert, diese Berghöhen zu erklettern, diese Täler zu durchirren und diesen blauen Himmel zu sehen, zu sehen, dass es eine Natur gibt, die durch eine ewige stumme Notwendigkeit besteht, die unbedürftig, gefühllos und göttlich ist, indes wir in Flecken und Städten unser kümmerliches Bedürfnis zu sichern haben, und nebenher alles einer verworrenen Willkür unterwerfen, die wir Freiheit nennen.

…

IX

Dieser Tag dauert mich

Brief an Charlotte von Stein

[Apolda], d. 6. März [1779]

Den ganzen Tag war ich in Versuchung nach Weimar zu kommen, es wäre recht schön gewesen wenn Sie gekommen wären. Aber so ein lebhafft Unternehmen ist nicht im Blute der Menschen die um den Hof wohnen. Grüsen Sie den Herzog und sagen ihm dass ich ihn vorläufig bitte mit den Rekrouten säuberlich zu verfahren wenn sie zur Schule kommen. Kein sonderlich Vergnügen ist bey der Ausnehmung, da die Krüpels gerne dienten und die schönen Leute meist Ehehafften haben wollen.

Doch ist ein Trost, mein Flügelmann von allen (11 Zoll 1 Strich) kommt mit Vergnügen und sein Vater giebt den Seegen dazu.

Hier will das Drama gar nicht fort, es ist verflucht, der König von Tauris soll reden als wenn kein Strumpfwürcker in Apolda hungerte.

Gute Nacht liebes Wesen. Es geht noch eben ein Husar.

G.

Brief an Charlotte von Stein

[Ilmenau], d. 9. Sept. [1780] Heute hab ich mich leidend verhalten das macht nichts ganzes, also meine liebste ist mir's auch nicht wohl. Des Herzogs Gedärme richten sich noch nicht ein, er schont sich, und betrügt sich, und schont sich nicht, und so vertrödelt man das Leben und die schönen Tage.

Heut früh haben wir alle Mörder, Diebe und Hehler vorführen lassen und sie alle gefragt und konfrontirt. Ich wollte anfangs nicht mit, denn ich fliehe das Unreine – es ist ein gros Studium der Menschheit und der Phisiognomick, wo man gern die Hand auf den Mund legt und Gott die Ehre giebt, dem allein ist die Krafft und der Verstand pp. in Ewigkeit Amen.

Ein Sohn der sich selbst und seinen Vater des Mords mit allen Umständen beschuldigt. Ein Vater der dem Sohn ins Gesicht alles wegläugnet. Ein Mann der im Elende der Hungersnoth seine Frau neben sich in der Scheune sterben sieht, und weil sie niemand begraben will sie selbst einscharren muss, dem dieser Jammer iezt noch aufgerechnet wird, als wenn er sie wohl könnte ermordet haben, weil andrer Anzeigen wegen er verdächtig ist. pp.

Hernach bin ich wieder auf die Berge gegangen, wir haben gegessen, mit Raubvögeln gespielt und hab immer schreiben wollen, bald an Sie, bald an meinem Roman und bin immer nicht dazu gekommen. Doch wollt ich dass ein lang Gespräch mit dem Herzog für Sie aufgeschrieben wäre, bey Veranlassung der Delinquenten, über den Werth und Unwerth menschlicher Thaten. Abends sezte Stein sich zu mir und unterhielt mich hübsch von alten Geschichten, von der Hofmiseria, von Kindern und Frauen pp. Gute Nacht liebste. Dieser Tag dauert mich. Er hätte können besser angewendet werden, doch haben wir auch die Trümmer genuzt. …

Todeslied eines Gefangenen

Brasilianisch

1782

Kommt nur kühnlich, kommt nur alle,
Und versammelt euch zum Schmause!
Denn ihr werdet mich mit Dräuen,
Mich mit Hoffnung nimmer beugen.
Seht, hier bin ich, bin gefangen,
Aber noch nicht überwunden.

Kommt, verzehret meine Glieder
Und verzehrt zugleich mit ihnen
Eure Ahnherrn, eure Väter,
Die zur Speise mir geworden.
Dieses Fleisch, das ich euch reiche,
Ist, ihr Toren, euer eignes,
Und in meinen innern Knochen
Stickt das Mark von euren Ahnherrn.
Kommt nur, kommt, mit jedem Bissen
Kann sie euer Gaumen schmecken.

»Das überhand nehmende Maschinenwesen«

Die Alten dagegen hielten gar mancherlei Fragen bereit; vom Krieg wollte jedermann wissen, der glücklicherweise sehr entfernt geführt wurde und auch näher solchen Gegenden kaum gefährlich gewesen wäre. Sie freuten sich jedoch des Friedens, obgleich in Sorge wegen einer andern drohenden Gefahr; denn es war nicht zu leugnen, das Maschinenwesen vermehrte sich immer im Lande und bedrohte die arbeitsamen Hände nach und nach mit Untätigkeit. Doch ließen sich allerlei Trost- und Hoffnungsgründe beibringen. …

Nach Tische ward unser Gespräch lebhafter und vertraulicher, aber eben deshalb konnte ich mehr empfinden und bemerken dass sie etwas zurückhielt, dass sie mit beunruhigenden Gedanken kämpfte, wie es ihr auch nicht ganz gelang ihr Gesicht zu erheitern. Nachdem ich hin und her versucht sie zur Sprache zu bringen, so gestand ich aufrichtig, dass ich ihr eine gewisse Schwermut, einen Ausdruck von Sorge anzusehen glaubte, seien es häusliche oder Handelsbedrängnisse, sie solle sich mir eröffnen; ich wäre reich genug eine alte Schuld ihr auf jede Weise abzutragen.

Sie verneinte lächelnd, dass dies der Fall sei. Ich habe, fuhr sie fort, wie Sie zuerst hereintraten einen von denen Herren zu sehen geglaubt die mir in Triest Kredit machen, und war mit mir selbst wohl zufrieden als ich mein Geld vorrätig wusste, man mochte die ganze Summe oder einen Teil verlangen. Was mich aber drückt ist doch eine Handelssorge, leider nicht für den Augenblick, nein! für alle Zukunft. Das überhand nehmende Maschinenwesen quält und ängstigt mich, es wälzt sich heran wie ein Gewitter, langsam, langsam; aber es hat seine Richtung genommen, es wird kommen und treffen. Schon mein Gatte war von diesem traurigen Gefühl durchdrungen. Man denkt daran, man spricht davon, und weder Denken noch Reden kann Hülfe bringen. Und wer möchte sich solche Schrecknisse gern vergegenwärtigen! Denken Sie dass viele Täler sich durchs Gebirg schlingen, wie das wodurch Sie herabkamen, noch schwebt Ihnen das hübsche frohe Leben vor das

Sie diese Tage her dort gesehen, wovon Ihnen die geputzte Menge allseits andringend gestern das erfreulichste Zeugnis gab; denken Sie wie das nach und nach zusammensinken, absterben, die Öde, durch Jahrhunderte belebt und bevölkert, wieder in ihre uralte Einsamkeit zurückfallen werde.

Hier bleibt nur ein doppelter Weg, einer so traurig wie der andere; entweder selbst das Neue zu ergreifen und das Verderben zu beschleunigen, oder aufzubrechen, die Besten und Würdigsten mit sich fort zu ziehen und ein günstigeres Schicksal jenseits der Meere zu suchen. Eins wie das andere hat sein Bedenken, aber wer hilft uns die Gründe abwägen, die uns bestimmen sollen? Ich weiß recht gut dass man in der Nähe mit dem Gedanken umgeht selbst Maschinen zu errichten und die Nahrung der Menge an sich zu reißen. Ich kann niemanden verdenken, dass er sich für seinen eigenen Nächsten hält; aber ich käme mir verächtlich vor, sollt' ich diese guten Menschen plündern und sie zuletzt arm und hülflos wandern sehen; und wandern müssen sie früh oder spat. Sie ahnen, sie wissen, sie sagen es, und niemand entschließt sich zu irgend einem heilsamen Schritte. Und doch, woher soll der Entschluss kommen? wird er nicht jedermann ebensosehr erschwert als mir?

Mein Bräutigam war mit mir entschlossen zum Auswandern; er besprach sich oft über Mittel und Wege sich hier loszuwinden. Er sah sich nach den

Besseren um, die man um sich versammeln, mit denen man gemeine Sache machen, die man an sich heranziehen, mit sich fortziehen könnte; wir sehnten uns, mit vielleicht allzu jugendlicher Hoffnung, in solche Gegenden, wo dasjenige für Pflicht und Recht gelten könnte, was hier ein Verbrechen wäre. Nun bin ich im entgegengesetzten Falle: der redliche Gehülfe, der mir nach meines Gatten Tode geblieben, trefflich in jedem Sinne, mir freundschaftlich liebevoll anhänglich, er ist ganz der entgegengesetzten Meinung.

Ich muss Ihnen von ihm sprechen, eh' Sie ihn gesehen haben; lieber hätt' ich es nachher getan, weil die persönliche Gegenwart gar manches Rätsel aufschließt. Ungefähr von gleichem Alter wie mein Gatte, schloss er sich als kleiner armer Knabe an den wohlhabenden wohlwollenden Gespielen, an die Familie, an das Haus, an das Gewerbe; sie wuchsen zusammen heran und hielten zusammen, und doch waren es zwei ganz verschiedene Naturen; der eine freigesinnt und mitteilend, der andere in früherer Jugend gedrückt, verschlossen, den geringsten ergriffenen Besitz festhaltend, zwar frommer Gesinnung, aber mehr an sich als an andere denkend.

Ich weiß recht gut dass er von den ersten Zeiten her ein Auge auf mich richtete, er durfte es wohl, denn ich war ärmer als er; doch hielt er sich zurück sobald er die Neigung des Freundes zu mir bemerkte.

Durch anhaltenden Fleiß, Tätigkeit und Treue machte er sich bald zum Mitgenossen des Gewerbes. Mein Gatte hatte heimlich den Gedanken, bei unserer Auswanderung diesen hier einzusetzen und ihm das Zurückgelassene anzuvertrauen. Bald nach dem Tode des Trefflichen näherte er sich mir und vor einiger Zeit verhielt er nicht dass er sich um meine Hand bewerbe. Nun tritt aber der doppelt wunderliche Umstand ein, dass er sich von jeher gegen das Auswandern erklärte und dagegen eifrig betreibt, wir sollen auch Maschinen anlegen. Seine Gründe freilich sind dringend, denn in unsern Gebirgen hauset ein Mann, der, wenn er, unsere einfacheren Werkzeuge vernachlässigend, zusammengesetztere sich erbauen wollte, uns zugrunde richten könnte. Dieser in seinem Fache sehr geschickte Mann – wir nennen ihn den Geschirrfasser – ist einer wohlhabenden Familie in der Nachbarschaft anhänglich und man darf wohl glauben dass er im Sinne hat von jenen steigenden Erfindungen für sich und seine Begünstigten nützlichen Gebrauch zu machen. Gegen die Gründe meines Gehülfen ist nichts einzuwenden, denn schon ist gewissermaßen zu viel Zeit versäumt, und gewinnen jene den Vorrang, so müssen wir, und zwar mit Unstatten, doch das gleiche tun. Dieses ist was mich ängstigt und quält, das ist's was Sie mir, teuerster Mann, als einen Schutzengel erscheinen lässt.

Ich hatte wenig Tröstliches hierauf zu erwidern …

X

Um Mitternacht

Philine

Singet nicht in Trauertönen
Von der Einsamkeit der Nacht;
Nein, sie ist, o holde Schönen,
Zur Geselligkeit gemacht.

Wie das Weib dem Mann gegeben
Als die schönste Hälfte war,
Ist die Nacht das halbe Leben,
Und die schönste Hälfte zwar.

Könnt ihr euch des Tages freuen,
Der nur Freuden unterbricht?
Er ist gut, sich zu zerstreuen,
Zu was anderm taugt er nicht.

Aber wenn in nächtger Stunde
Süßer Lampe Dämmrung fließt,
Und vom Mund zum nahen Munde
Scherz und Liebe sich ergießt;

Wenn der rasche lose Knabe,
Der sonst wild und feurig eilt,

Oft bei einer kleinen Gabe
Unter leichten Spielen weilt;

Wenn die Nachtigall Verliebten
Liebevoll ein Liedchen singt,
Das Gefangnen und Betrübten
Nur wie Ach und Wehe klingt:

Mit wie leichtem Herzensregen
Horchet ihr der Glocke nicht,
Die mit zwölf bedächtgen Schlägen
Ruh und Sicherheit verspricht!

Darum an dem langen Tage
Merke dir es, liebe Brust:
Jeder Tag hat seine Plage,
Und die Nacht hat ihre Lust.

Zigeunerlied

Im Nebelgeriesel, im tiefen Schnee,
Im wilden Wald, in der Winternacht,
Ich hörte der Wölfe Hungergeheul,
Ich hörte der Eulen Geschrei.
Wille wau wau wau!
Wille wo wo wo!
Wito hu!

Ich schoss einmal eine Katz am Zaun,
Der Anne, der Hex, ihre schwarze liebe Katz.
Da kamen des Nachts sieben Werwölf zu mir,
Waren sieben sieben Weiber vom Dorf.
  Wille wau wau wau!
    Wille wo wo wo!
      Wito hu!

Ich kannte sie all, ich kannte sie wohl,
Die Anne, die Ursel, die Käth,
Die Liese, die Barbe, die Ev, die Beth,
Sie heulten im Kreise mich an.
  Wille wau wau wau!
    Wille wo wo wo!
      Wito hu!

Da nannt ich sie alle bei Namen laut:
Was willst du, Anne? was willst du, Beth?
Da rüttelten sie sich, da schüttelten sie sich,
Und liefen und heulten davon.
  Wille wau wau wau!
    Wille wo wo wo!
      Wito hu!

Der Totentanz

Der Türmer, der schaut zumitten der Nacht
Hinab auf die Gräber in Lage;
Der Mond, der hat alles ins Helle gebracht,
Der Kirchhof, er liegt wie am Tage.
Da regt sich ein Grab und ein anderes dann:
Sie kommen hervor, ein Weib da, ein Mann,
In weißen und schleppenden Hemden.

Das reckt nun, es will sich ergetzen sogleich,
Die Knöchel zur Runde, zum Kranze,
So arm und so jung, und so alt und so reich;
Doch hindern die Schleppen am Tanze.
Und weil hier die Scham nun nicht weiter gebeut,
Sie schütteln sich alle, da liegen zerstreut
Die Hemdelein über den Hügeln.

Nun hebt sich der Schenkel, nun wackelt das Bein,
Gebärden da gibt es vertrackte;
Dann klipperts und klapperts mitunter hinein,
Als schlüg man die Hölzlein zum Takte.
Das kommt nun dem Türmer so lächerlich vor;
Da raunt ihm der Schalk, der Versucher, ins Ohr:
Geh! hole dir einen der Laken.

Getan wie gedacht! und er flüchtet sich schnell
Nun hinter geheiligte Türen.
Der Mond, und noch immer er scheinet so hell

Zum Tanz, den sie schauderlich führen.
Doch endlich verlieret sich dieser und der,
Schleicht eins nach dem andern gekleidet einher,
Und husch ist es unter dem Rasen.

Nur einer, der trippelt und stolpert zuletzt
Und tappet und grapst an den Grüften;
Doch hat kein Geselle so schwer ihn verletzt,
Er wittert das Tuch in den Lüften.
Er rüttelt die Turmtür, sie schlägt ihn zurück,
Geziert und gesegnet, dem Türmer zum Glück,
Sie blinkt von metallenen Kreuzen.

Das Hemd muss er haben, da rastet er nicht,
Da gilt auch kein langes Besinnen;
Den gotischen Zierat ergreift nun der Wicht
Und klettert von Zinne zu Zinnen.
Nun ists um den armen, den Türmer getan!
Es ruckt sich von Schnörkel zu Schnörkel hinan,
Langbeinigen Spinnen vergleichbar.

Der Türmer erbleichet, der Türmer erbebt,
Gern gäb er ihn wieder, den Laken.
Da häkelt – jetzt hat er am längsten gelebt –
Den Zipfel ein eiserner Zacken.
Schon trübet der Mond sich, verschwindenden
Scheins,
Die Glocke, sie donnert ein mächtiges Eins,
Und unten zerschellt das Gerippe.

Um Mitternacht, wenn die Menschen erst schlafen,
Dann scheinet uns der Mond,
Dann leuchtet uns der Stern;
Wir wandlen und singen
Und tanzen erst gern

Um Mitternacht, wenn die Menschen erst schlafen,
Auf Wiesen, an den Erlen,
Wir suchen unsern Raum
Und wandlen und singen
Und tanzen einen Traum.

XI

Wem zu glauben ist

Bedingung

Ihr lasst nicht nach, ihr bleibt dabei,
Begehret Rat, ich kann ihn geben;
Allein, damit ich ruhig sei,
Versprecht mir, ihm nicht nachzuleben.

Wem zu glauben ist, redlicher Freund, das kann ich dir sagen:
Glaube dem Leben; es lehrt besser als Redner und Buch.

Welchen Leser ich wünsche? Den unbefangensten, der mich,
Sich und die Welt vergisst, und in dem Buche nur lebt.

Ein beweglicher Körper erfreut mich, er wendet sich ewig
Erst nach Norden, und dann ernst nach der Tiefe hinab.
Doch ein andrer gefällt mir nicht so; er gehorchet den Winden,
Und sein ganzes Talent löst sich in Bücklingen auf.

Dreihundert Jahre sind vorbei,
Werden auch nicht wiederkommen,
Sie haben Böses, frank und frei,
Auch Gutes mitgenommen;
Und doch von beiden ist auch euch
Der Fülle gnug geblieben:
Entzieht euch dem verstorbnen Zeug,
Lebendges lasst uns lieben!

Gern wär ich Überlieferung los
Und ganz original;
Doch ist das Unternehmen groß
Und führt in manche Qual.
Als Autochthone rechnet ich
Es mir zur höchsten Ehre,
Wenn ich nicht gar zu wunderlich
Selbst Überliefrung wäre.

Indem wir nun von Überlieferung sprechen, sind wir unmittelbar aufgefordert, zugleich von Autorität zu reden. Denn genau betrachtet, so ist jede Autorität eine Art Überlieferung. Wir lassen die Existenz, die Würde, die Gewalt von irgendeinem Dinge gelten, ohne dass wir seinen Ursprung, sein Herkommen, seinen Wert deutlich einsehen und erkennen. So schätzen und ehren wir zum Beispiel die edlen Metalle beim Gebrauch des gemeinen Lebens; doch ihre großen physischen und chemischen Verdienste sind uns dabei selten gegenwärtig. So hat die Vernunft und das ihr verwandte Gewissen eine ungeheure Autorität, weil sie unergründlich sind; ingleichen das, was wir mit dem Namen Genie bezeichnen. Dagegen kann man dem Verstand gar keine Autorität zuschreiben: denn er bringt nur immer seinesgleichen hervor, so wie denn offenbar aller Verstandesunterricht zur Anarchie führt.

Gegen die Autorität verhält sich der Mensch, so wie gegen vieles andere, beständig schwankend. Er fühlt in seiner Dürftigkeit, dass er, ohne sich auf etwas Drittes zu stützen, mit seinen Kräften nicht auslangt. Dann aber, wenn das Gefühl seiner Macht und Herrlichkeit in ihm aufgeht, stößt er das Hülfreiche von sich und glaubt, für sich selbst und andre hinzureichen.

Das Kind bequemt sich meist mit Ergebung unter die Autorität der Eltern; der Knabe sträubt sich dagegen; der Jüngling entflieht ihr, und der Mann lässt sie wieder gelten, weil er sich deren mehr oder weniger selbst verschafft, weil die Erfahrung ihn gelehrt hat, dass er ohne Mitwirkung anderer doch nur wenig ausrichte.

Ebenso schwankt die Menschheit im ganzen. Bald sehen wir um einen vorzüglichen Mann sich Freunde, Schüler, Anhänger, Begleiter, Mitlebende, Mitwohnende, Mitstreitende versammeln. Bald fällt eine solche Gesellschaft, ein solches Reich wieder in vielerlei Einzelnheiten auseinander. Bald werden Monumente älterer Zeiten, Dokumente früherer Gesinnungen, göttlich verehrt, buchstäblich aufgenommen; jedermann gibt seine Sinne, seinen Verstand darunter gefangen; alle Kräfte werden aufgewendet, das Schätzbare solcher Überreste darzutun, sie bekannt zu machen, zu kommentieren, zu erläutern, zu erklären, zu verbreiten und fortzupflanzen. Bald tritt dagegen, wie jene bilderstürmende, so hier eine schriftstürmende Wut ein; es täte not, man vertilgte bis auf die letzte Spur das, was bisher so großen Wertes geachtet wurde. Kein ehmals ausgesprochenes Wort soll gelten, alles, was weise war, soll als närrisch erkannt werden, was heilsam war, als schädlich, was sich lange Zeit als förderlich zeigte, nunmehr als eigentliches Hindernis. …

Alles, was wir an Materialien zur Geschichte, was wir Geschichtliches einzeln ausgearbeitet zugleich überliefern, wird nur der Kommentar zu dem Vorgesagten sein. Die Naturwissenschaften haben sich bewundernswürdig erweitert, aber keinesweges in einem stetigen Gange, auch nicht einmal stufenweise, sondern durch Auf- und Absteigen, durch Vor- und Rückwärtswandeln in grader Linie oder in der Spirale, wobei sich denn von selbst versteht, dass man in jeder Epoche über seine Vorgänger weit erhaben zu sein glaubte. …

XII

Willst du dir aber das Beste tun

Willst du dir aber das Beste tun,
So bleib nicht auf dir selber ruhn,
Sondern folg eines Meisters Sinn;
Mit ihm zu irren ist dir Gewinn.

Lebensregel

Willst du dir ein hübsch Leben zimmern,
Musst dich ums Vergangne nicht bekümmern;
Das Wenigste muss dich verdrießen;
Musst stets die Gegenwart genießen,
Besonders keinen Menschen hassen
Und die Zukunft Gott überlassen.

Das Beste

Wenn dirs in Kopf und Herzen schwirrt,
Was willst du Bessres haben!
Wer nicht mehr liebt und nicht mehr irrt,
Der lasse sich begraben.

Anstatt dass ihr bedächtig steht,
Versucht's zusammen eine Strecke;
Wisst ihr auch nicht, wohin es geht,
So kommt ihr wenigstens vom Flecke.

»Vernunft ist die ärgste Tyrannin«

»Je höher eine Organisation steht, desto bedingter ist sie; desto weniger Freiheit hat sie.

Die Vernünftigkeit beschränkt uns am meisten, und die Vernunft ist die ärgste Tyrannin.

Der Vernunft steht vieles nicht mehr frei zu tun, was der Unvernünftige sich herausnimmt, und ihm nicht für Sünde gerechnet wird, eben weil er es nicht als gesetzwidrig empfindet.«

»Freiheit ist nichts als die Möglichkeit, unter allen Bedingungen das Vernünftige zu tun.«

»Das Absolute steht noch über dem Vernünftigen. Darum handeln Souveräns oft unvernünftig, um sich in der absoluten Freiheit zu erhalten.«

Lob des Prinzen August von Gotha … Jener erzählte oft von einem eigensinnigen, absurden alten Herzog von Sachsen, dass er, als man ihm einstmal dringende Vorstellungen getan, er möge doch sich bedenken, besinnen p., geantwortet: »Ich will nichts bedenken, ich will nichts überlegen, wozu wäre ich denn sonst Herzog von Sachsen?« »Prinz August hatte große Geduld mit mir, ich war oft gar zu verrückt, mitunter freilich aber auch ganz leidlich.«

Böcke, zur Linken mit euch! so ordnet künftig der Richter:
Und ihr Schäfchen, ihr sollt ruhig zur Rechten mir stehn!
Wohl! Doch eines ist noch von ihm zu hoffen; dann sagt er:
Seid, Vernünftige, mir grad gegenüber gestellt!

»Dir warum doch verliert
Gleich alles Wert und Gewicht?«
Das Tun interessiert,
Das Getane nicht.

Der Philosoph, dem ich zumeist vertraue,
Lehrt, wo nicht gegen alle, doch die meisten,
Dass unbewusst wir stets das Beste leisten:
Das glaubt man gern und lebt nun frisch ins Blaue.

Warum mir aber in neuster Welt
Anarchie gar so wohl gefällt? –
Ein jeder lebt nach seinem Sinn,
Das ist nun also auch mein Gewinn.
Ich lass einem jeden sein Bestreben,
Um auch nach meinem Sinne zu leben.

Böse Zeiten

Philosophen verderben die Sprache, Poeten die Logik,
Und mit dem Menschenverstand kommt man durchs Leben nicht mehr.

Profession oder Spiel

Nur nichts als Profession getrieben! Das ist mir zuwider. Ich will alles, was ich kann, spielend treiben, was mir eben kommt und so lange die Lust daran währt. So hab' ich in meiner Jugend gespielt unbewusst; so will ich's bewusst fortsetzen durch mein übriges Leben. Nützlich – Nutzen, das ist eure Sache. Ihr mögt mich benutzen; aber ich kann mich nicht auf den Kauf oder Nachfrage einrichten. Was ich kann und verstehe, das werdet ihr benutzen, sobald ihr wollt und das Bedürfnis danach habt. Zu einem Instrument gebe ich mich nicht her; und jede Profession ist ein Instrument oder, wollt ihr es vornehmer ausgedrückt, ein Organ.

Die Freuden

Es flattert um die Quelle
Die wechselnde Libelle,
Mich freut sie lange schon;
Bald dunkel und bald helle,
Wie der Chamäleon,
Bald rot, bald blau,
Bald blau, bald grün.
O dass ich in der Nähe
Doch ihre Farben sähe!

Sie schwirrt und schwebet, rastet nie!
Doch still, sie setzt sich an die Weiden.
Da hab ich sie! Da hab ich sie!
Und nun betracht ich sie genau,
Und seh ein traurig dunkles Blau –
So geht es dir, Zergliedrer deiner Freuden!

Einschränkung

Ich weiß nicht, was mir hier gefällt,
In dieser engen, kleinen Welt
Mit holdem Zauberband mich hält?
Vergess ich doch, vergess ich gern,
Wie seltsam mich das Schicksal leitet;
Und ach, ich fühle, nah und fern
Ist mir noch manches zubereitet.
O wäre doch das rechte Maß getroffen!
Was bleibt mir nun, als eingehüllt,
Von holder Lebenskraft erfüllt,
In stiller Gegenwart die Zukunft zu erhoffen!

»So still und so sinnig!
Es fehlt dir was, gesteh es frei.«
Zufrieden bin ich,
Aber mir ist nicht wohl dabei.

XIII

Verschiedene Empfindungen

Lässt mich das Alter im Stich?
Bin ich wieder ein Kind?
Ich weiß nicht, ob ich
Oder die andern verrückt sind.

Verschiedene Empfindungen an einem Platze

DAS MÄDCHEN

Ich hab ihn gesehen!
Wie ist mir geschehen?
O himmlischer Blick!
Er kommt mir entgegen;
Ich weiche verlegen,
Ich schwanke zurück.
Ich irre, ich träume!
Ihr Felsen, ihr Bäume,
Verbergt meine Freude,
Verberget mein Glück!

DER JÜNGLING

Hier muss ich sie finden!
Ich sah sie verschwinden,
Ihr folgte mein Blick.
Sie kam mir entgegen,
Dann trat sie verlegen
Und schamrot zurück.
Ists Hoffnung, sinds Träume?
Ihr Felsen, ihr Bäume,
Entdeckt mir die Liebste,
Entdeckt mir mein Glück!

DER SCHMACHTENDE

Hier klag ich verborgen
Dem tauenden Morgen
Mein einsam Geschick.
Verkannt von der Menge,
Wie zieh ich ins Enge
Mich stille zurück!
O zärtliche Seele,
O schweige, verhehle
Die ewigen Leiden,
Verhehle dein Glück!

Es lohnet mich heute
Mit doppelter Beute
Ein gutes Geschick.
Der redliche Diener
Bringt Hasen und Hühner
Beladen zurück.
Hier find ich gefangen
Auch Vögel noch hangen.
Es lebe der Jäger,
Es lebe sein Glück!

Die Geschichte vom rätselhaften Klopfen und vom knackenden Schreibtisch

Bei einem wackern Edelmann, meinem Freunde, der ein altes Schloss mit einer starken Familie bewohnte, war eine Waise erzogen worden, die, als sie herangewachsen und vierzehn Jahr alt war, meist um die Dame vom Hause sich beschäftigte und die nächsten Dienste ihrer Person verrichtete. Man war mit ihr wohl zufrieden, und sie schien nichts weiter zu wünschen, als durch Aufmerksamkeit und Treue ihren Wohltätern dankbar zu sein. Sie war wohlgebildet, und es fanden sich einige Freier um sie ein. Man glaubte nicht, dass eine dieser Verbindungen zu ihrem Glück gereichen würde, und sie zeigte auch nicht das mindeste Verlangen ihren Zustand zu ändern.

Auf einmal begab sich's, dass man, wenn das Mädchen in dem Hause Geschäfte halber herumging, unter ihr, hier und da, pochen hörte. Anfangs schien es zufällig, aber da das Klopfen nicht aufhörte und beinahe jeden ihrer Schritte bezeichnete, ward sie ängstlich und traute sich kaum aus dem Zimmer der gnädigen Frau herauszugehen, als in welchem sie allein Ruhe hatte.

Dieses Pochen ward von jedermann vernommen, der mit ihr ging oder nicht weit von ihr stand. Anfangs scherzte man darüber, endlich aber fing die Sache an unangenehm zu werden. Der Herr vom Hause, der von einem lebhaften Geist war, untersuchte nun selbst die Umstände. Man hörte das Pochen nicht eher, als bis das Mädchen ging, und nicht sowohl indem sie den Fuß aufsetzte, als indem sie ihn zum Weiterschreiten aufhob. Doch fielen die Schläge manchmal unregelmäßig, und besonders waren sie sehr stark, wenn sie quer über einen großen Saal den Weg nahm.

Der Hausvater hatte eines Tages Handwerksleute in der Nähe und ließ, da das Pochen am heftigsten war, gleich hinter ihr einige Dielen aufreißen. Es fand sich nichts, außer dass bei dieser Gelegenheit ein paar große Ratten zum Vorschein kamen, deren Jagd viel Lärm im Hause verursachte.

Entrüstet über diese Begebenheit und Verwirrung griff der Hausherr zu einem strengen Mittel, nahm seine größte Hetzpeitsche von der Wand und schwur, dass er das Mädchen bis auf den Tod prügeln wolle, wenn sich noch ein einzigmal das Pochen hören ließe. Von der Zeit an ging sie ohne Anfechtung im ganzen Hause herum, und man vernahm von dem Pochen nichts weiter.

Woraus man denn deutlich sieht, fiel Luise ein, dass das schöne Kind sein eignes Gespenst war, und aus irgend einer Ursache sich diesen Spaß gemacht und seine Herrschaft zum besten gehabt hatte.

Keineswegs, versetzte Fritz: denn diejenigen, welche diese Wirkung einem Geiste zuschrieben, glaubten, ein Schutzgeist wolle zwar das Mädchen aus dem Hause haben, aber ihr doch kein Leids zufügen lassen. Andere nahmen es näher und hielten dafür, dass einer ihrer Liebhaber die Wissenschaft oder das Geschick gehabt habe, diese Töne zu erregen, um das Mädchen aus dem Hause in seine Arme zu nötigen. Dem sei wie ihm wolle, das gute Kind zehrte sich über diesen Vorfall beinah völlig ab, und schien einem traurigen Geiste gleich, da sie vorher frisch, munter und die Heiterste im ganzen Hause gewesen. Aber auch eine solche körperliche Abnahme lässt sich auf mehr als eine Weise deuten.

Es ist schade, versetzte Karl, dass man solche Vorfälle nicht genau untersucht, und dass man bei Beurteilung der Begebenheiten, die uns so sehr interessieren, immer zwischen verschiedenen Wahrscheinlichkeiten schwanken muss, weil die Umstände, unter welchen solche Wunder geschehen, nicht alle bemerkt sind.

Wenn es nur nicht überhaupt so schwer wäre zu untersuchen, sagte der Alte, und in dem Augenblicke, wo etwas dergleichen begegnet, die Punkte und Momente alle gegenwärtig zu haben, worauf es eigentlich ankommt, damit man nichts entwischen lasse, worin Betrug und Irrtum sich verstecken könne. Vermag man denn einem Taschenspieler so leicht auf die Sprünge zu kommen, von dem wir doch wissen, dass er uns zum besten hat?

Kaum hatte er ausgeredet, als in der Ecke des Zimmers auf einmal ein sehr starker Knall sich hören ließ. Alle fuhren auf, und Karl sagte scherzend: Es wird sich doch kein sterbender Liebhaber hören lassen?

Er hätte gewünscht seine Worte wieder zurück zu nehmen, denn Luise ward bleich und gestand, dass sie für das Leben ihres Bräutigams zittere.

Fritz, um sie zu zerstreuen, nahm das Licht und ging nach dem Schreibtische, der in der Ecke stand. Die gewölbte Decke desselben war quer völlig durchgerissen; man hatte also die Ursache des Klanges; aber demungeachtet fiel es ihnen auf, dass dieser Schreibtisch von Röntgens bester Arbeit, der schon mehrere Jahre an demselben Platze stand, in diesem Augenblicke zufällig gerissen sein sollte. Man hatte ihn oft als Muster einer vortrefflichen und dauerhaften Tischlerarbeit gerühmt und vorgezeigt, und nun sollte er auf einmal reißen, ohne dass in der Luft die mindeste Veränderung zu spüren war.

Geschwind, sagte Karl, lasst uns zuerst diesen Umstand berichtigen und nach dem Barometer sehen.

Das Quecksilber hatte seinen Stand vollkommen, wie seit einigen Tagen; das Thermometer selbst war nicht mehr gefallen, als die Veränderung von Tag auf Nacht natürlich mit sich brachte.

Schade, dass wir nicht einen Hygrometer bei der Hand haben, rief er aus: gerade das Instrument wäre das nötigste!

Es scheint, sagte der Alte, dass uns immer die nötigsten Instrumente abgehen, wenn wir Versuche auf Geister anstellen wollen.

Sie wurden in ihren Betrachtungen durch einen Bedienten unterbrochen, der mit Hast hereinkam und meldete, dass man ein starkes Feuer am Himmel sehe, jedoch nicht wisse, ob es in der Stadt oder in der Gegend sei.

Da man durch das Vorhergehende schon empfänglicher für den Schrecken geworden war, so wurden alle mehr, als es vielleicht sonst geschehen sein würde, von der Nachricht betroffen. Fritz eilte auf das Belvedere des Hauses, wo auf einer großen horizontalen

Scheibe die Karte des Landes ausführlich gezeichnet war, durch deren Hülfe man auch bei Nacht die verschiedenen Lagen der Orte ziemlich genau bestimmen konnte. Die andern blieben, nicht ohne Sorgen und Bewegung, beieinander.

Fritz kam zurück und sagte: Ich bringe keine gute Nachricht. Denn höchst wahrscheinlich ist der Brand nicht in der Stadt, sondern auf dem Gute unserer Tante. Ich kenne die Richtung sehr genau und fürchte, mich nicht zu irren. Man bedauerte die schönen Gebäude und überrechnete den Verlust. Indessen, sagte Fritz, ist mir ein wunderlicher Gedanke eingekommen, der uns wenigstens über das sonderbare Anzeichen des Schreibtisches beruhigen kann. Vor allen Dingen wollen wir die Minute berichtigen, in der wir den Klang gehört haben. Sie rechneten zurück und es konnte etwa halb zwölfe gewesen sein.

Nun, ihr mögt lachen oder nicht, fuhr Fritz fort, will ich euch meine Mutmaßung erzählen. Ihr wisst, dass unsre Mutter schon vor mehreren Jahren einen ähnlichen, ja man möchte sagen einen gleichen Schreibtisch an unsre Tante geschenkt hat. Beide waren zu einer Zeit, aus einem Holze, mit der größten Sorgfalt von einem Meister verfertigt; beide haben sich bisher trefflich gehalten, und ich wollte wetten, dass in diesem Augenblicke mit dem Lusthause unsrer Tante der zweite Schreibtisch verbrennt, und dass sein Zwillingsbruder auch davon leidet. Ich will mich morgen selbst aufmachen und dieses seltsame Faktum so gut als möglich zu berichtigen suchen.

Ob Friedrich wirklich diese Meinung hegte, oder ob der Wunsch, seine Schwester zu beruhigen, ihm zu diesem Einfall geholfen, wollen wir nicht entscheiden; genug sie ergriffen die Gelegenheit über manche unleugbare Sympathien zu sprechen, und fanden am Ende eine Sympathie zwischen Hölzern, die auf einem Stamm erzeugt worden, zwischen Werken, die ein Künstler verfertigt, noch ziemlich wahrscheinlich. Ja sie wurden einig, dergleichen Phänomene ebensogut für Naturphänomene gelten zu lassen, als andere welche sich öfter wiederholen, die wir mit Händen greifen und doch nicht erklären können.

Überhaupt, sagte Karl, scheint mir, dass jedes Phänomen, so wie jedes Faktum an sich eigentlich das Interessante sei. Wer es erklärt oder mit andern Begebenheiten zusammenhängt, macht sich gewöhnlich eigentlich nur einen Spaß, und hat uns zum besten, wie zum Beispiel der Naturforscher und Historienschreiber. Aber eine einzelne Handlung oder Begebenheit ist interessant, nicht weil sie erklärbar oder wahrscheinlich, sondern weil sie wahr ist. Wenn gegen Mitternacht die Flamme den Schreibtisch der Tante verzehrt hat, so ist das sonderbare Reißen des unsern zu gleicher Zeit für uns eine wahre Begebenheit, sie mag übrigens erklärbar sein und zusammenhängen mit was sie will.

XIV

Dieses ist das Bild der Welt

In das Stammbuch von Friedrich Maximilian Moors*

Frankfurt, den 28. August 1765

Dieses ist das Bild der Welt,
Die man für die beste hält:
Fast wie eine Mördergrube,
Fast wie eines Burschen Stube,
Fast so wie ein Opernhaus,
Fast wie ein Magisterschmaus,
Fast wie Köpfe von Poeten,
Fast wie schöne Raritäten,
Fast wie abgehatztes Geld
Sieht sie aus, die beste Welt.

Es hat der Autor wenn er schreibt
So was Gewisses, das ihn treibt,
Den Trieb hatt auch der Alexander
Und all die Helden miteinander.
Drum schreib ich auch allhier mich ein:
Ich möcht nicht gern vergessen sein.
Risum teneatis amici!

* Friedrich Maximilian Moors (1747–82) war ein Frankfurter Jugendfreund Goethes.

Ein Aber dabei

Es wäre schön, was Guts zu kauen,
Müsste man es nur nicht auch verdauen;
Es wäre herrlich, genug zu trinken,
Tät einem nur nicht Kopf und Kniee sinken;
Hinüber zu schießen, das wären Possen,
Würde nur nicht wieder herübergeschossen;
Und jedes Mädchen wär gern bequem,
Wenn nur eine andre ins Kindbett käm.

Mauern seh ich gestürzt, und Mauern seh ich errichtet,
Hier Gefangene, dort auch der Gefangenen viel.
Ist vielleicht nur die Welt ein großer Kerker? und frei ist
Wohl der Tolle, der sich Ketten zu Kränzen erkiest.

Wer nie sein Brot mit Tränen aß,
Wer nie die kummervollen Nächte
Auf seinem Bette weinend saß,
Der kennt euch nicht, ihr himmlischen Mächte.

Ihr führt ins Leben uns hinein,
Ihr lasst den Armen schuldig werden,
Dann überlasst ihr ihn der Pein:
Denn alle Schuld rächt sich auf Erden.

Ihm färbt der Morgensonne Licht
Den reinen Horizont mit Flammen,
Und über seinem schuldgen Haupte bricht
Das schöne Bild der ganzen Welt zusammen. –

Gibts ein Gespräch, wenn wir uns nicht betrügen,
Mehr oder weniger versteckt?
So ein Ragout von Wahrheit und von Lügen,
Das ist die Köcherei, die mir am besten schmeckt.

Wie's aber in der Welt zugeht
Eigentlich niemand recht versteht,
Und auch bis auf den heutigen Tag
Niemand gerne verstehen mag.
Gehabe du dich mit Verstand,
Wie dir eben der Tag zur Hand;
Denk immer: Ist's gegangen bis jetzt,
So wird es auch wohl gehen zuletzt.

Ein großer Teich war zugefroren;
Die Fröschlein, in der Tiefe verloren,
Durften nicht ferner quaken noch springen,
Versprachen sich aber, im halben Traum:
Fänden sie nur da oben Raum,
Wie Nachtigallen wollten sie singen.

Der Tauwind kam, das Eis zerschmolz,
Nun ruderten sie und landeten stolz
Und saßen am Ufer weit und breit
Und quakten wie vor alter Zeit.

Ein Brief

Am 22. Mai

Dass das Leben des Menschen nur ein Traum sei, ist manchen schon so vorgekommen, und auch mit mir zieht dieses Gefühl immer herum. Wenn ich die Einschränkung ansehe, in welcher die tätigen und forschenden Kräfte des Menschen eingesperrt sind; wenn ich sehe, wie alle Wirksamkeit dahinaus läuft, sich die Befriedigung von Bedürfnissen zu verschaffen, die wieder keinen Zweck haben, als unsere arme Existenz zu verlängern, und dann, dass alle Beruhigung über gewisse Punkte des Nachforschens nur eine träumende Resignation ist, da man sich die Wände, zwischen denen man gefangen sitzt, mit bunten Gestalten und lichten Aussichten bemalt. – Das alles, Wilhelm, macht mich stumm. Ich kehre in mich selbst zurück und finde eine Welt! Wieder mehr in Ahnung und dunkler Begier als in Darstellung und lebendiger Kraft. Und da schwimmt alles vor meinen Sinnen, und ich lächle dann so träumend weiter in die Welt.

Dass die Kinder nicht wissen, warum sie wollen, darin sind alle hochgelahrten Schul- und Hofmeister einig; dass aber auch Erwachsene gleich Kindern auf diesem Erdboden herumtaumeln, und wie jene nicht wissen, woher sie kommen und wohin sie gehen, ebensowenig nach wahren Zwecken handeln, ebenso durch Biskuit und Kuchen und Birkenreiser regiert werden: das will niemand gern glauben, und mich dünkt, man kann es mit Händen greifen.

Ich gestehe Dir gern, denn ich weiß, was Du mir hierauf sagen möchtest, dass diejenigen die Glücklichsten sind, die gleich den Kindern in den Tag hinein leben, ihre Puppen herumschleppen, aus- und anziehen und mit großem Respekt um die Schublade umherschleichen, wo Mama das Zuckerbrot hineingeschlossen hat, und wenn sie das gewünschte endlich erhaschen, es mit vollen Backen verzehren und rufen: Mehr! – Das sind glückliche Geschöpfe. Auch denen ist's wohl, die ihren Lumpenbeschäftigungen oder wohl gar ihren Leidenschaften prächtige Titel geben und sie dem Menschengeschlechte als Riesenoperationen zu dessen Heil und Wohlfahrt anschreiben. – Wohl dem, der so sein kann! Wer aber in seiner Demut erkennt, wo das alles hinausläuft, wer da sieht, wie artig jeder Bürger, dem es wohl ist, sein Gärtchen zum Paradiese zuzustutzen weiß, und wie unverdrossen dann doch auch der Unglückliche unter der Bürde seinen Weg fortkeucht, und alle gleich interessiert sind, das Licht dieser Sonne noch eine Minute länger zu sehn – ja, der ist still und bildet auch seine Welt aus sich selbst und ist auch glücklich, weil er ein Mensch ist. Und dann, so eingeschränkt er ist, hält er doch immer im Herzen das süße Gefühl der Freiheit, und dass er diesen Kerker verlassen kann, wann er will.

XV

Die Menschen im Ganzen

Oft erklärtet ihr euch als Freunde des Dichters, ihr Götter!
Gebt ihm auch, was er bedarf! Mäßiges braucht er, doch viel:
Erstlich freundliche Wohnung, dann leidlich zu essen, zu trinken
Gut; der Deutsche versteht sich auf den Nektar, wie ihr.
Dann geziemende Kleidung und Freunde, vertraulich zu schwatzen;
Dann ein Liebchen des Nachts, das ihn von Herzen begehrt.
Diese fünf natürlichen Dinge verlang ich vor allem.
Gebet mir ferner dazu Sprachen, die alten und neu'n,
Dass ich der Völker Gewerb und ihre Geschichten vernehme;
Gebt mir ein reines Gefühl, was sie in Künsten getan.
Ansehn gebt mir im Volke, verschafft bei Mächtigen Einfluss,
Oder was sonst noch bequem unter den Menschen erscheint.
Gut – schon dank ich euch, Götter; ihr habt den glücklichsten Menschen
Ehstens fertig: denn ihr gönntet das meiste mir schon.

Wundern kann es mich nicht, dass Menschen die Hunde so lieben:
Denn ein erbärmlicher Schuft ist, wie der Mensch, so der Hund.

Wie der Mensch das Pfuschen so liebt! Fast glaub ich dem Mythus,
Der mir erzählet, ich sei selbst ein verpfuschtes Geschöpf.

»Falschheit nur und Verstellung ist in dem Umgang der Menschen,
Keiner erscheint, wie er ist« – Danke dem Himmel, mein Freund.

Zu verschweigen meinen Gewinn,
Muss ich die Menschen vermeiden;
Dass ich wisse, woran ich bin,
Das wollen die andern nicht leiden.

Ists denn so großes Geheimnis, was Gott und der Mensch und die Welt sei?
Nein! Doch keiner mags gern hören; da bleibt es geheim.

Wahnsinn ruft man dem Kalchas, und Wahnsinn ruft man Kassandren,
Eh man nach Ilion zog, wenn man von Ilion kommt.
Wer kann hören das Morgen und Übermorgen? Nicht Einer!
Denn, was gestern und ehgestern gesprochen – wer hörts?

Die neue Entdeckung

Ernsthaft beweisen sie dir, du dürftest nicht stehlen,
nicht lügen.
Welcher Lügner und Dieb zweifelte jemals daran?

Napoleons Nimbus

»Liebes Kind«, sagte Goethe, »ein Name ist nichts Geringes. Hat doch Napoleon eines großen Namens wegen fast die halbe Welt in Stücke geschlagen!«

Es entstand eine kleine Pause im Gespräch, dann aber erzählte Goethe mir ferneres von dem neuen Buche über Napoleon. »Die Gewalt des Wahren ist groß«, sagte er. »Aller Nimbus, alle Illusion, die Journalisten, Geschichtsschreiber und Poeten über Napoleon gebracht haben, verschwindet vor der entsetzlichen Realität dieses Buchs; aber der Held wird dadurch nicht kleiner, vielmehr wächst er, so wie er an Wahrheit zunimmt.«

Eine eigene Zaubergewalt, sagte ich, musste er in seiner Persönlichkeit haben, dass die Menschen ihm sogleich zufielen und anhingen und sich von ihm leiten ließen.

»Allerdings«, sagte Goethe, »war seine Persönlichkeit eine überlegene. Die Hauptsache aber bestand darin, dass die Menschen gewiss waren, ihre Zwecke

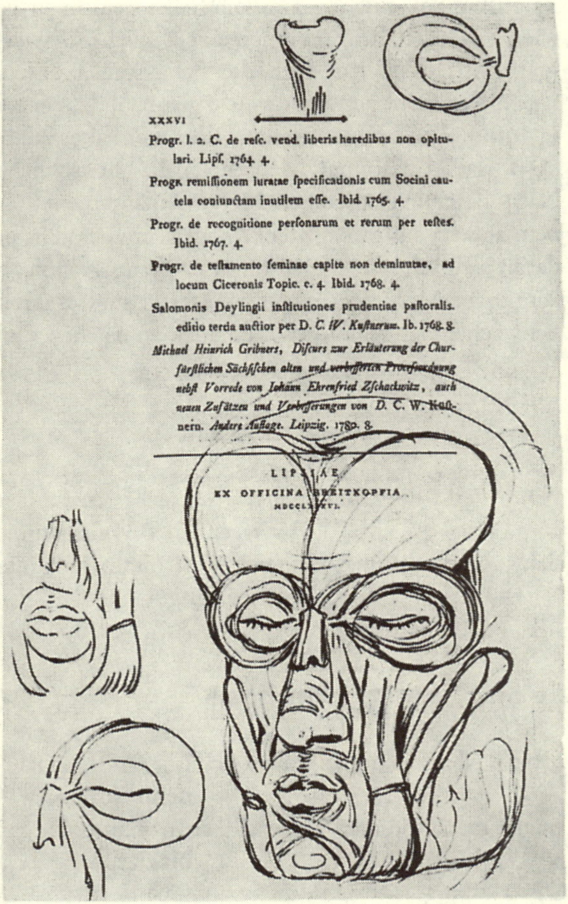

XXXVI

Progr. l. 2. C. de resc. vend. liberis heredibus non opitulari. Lips. 1764. 4.

Progr. remissionem iuratae specificationis cum Socini cautela coniunctam inutilem esse. Ibid. 1765. 4.

Progr. de recognitione personarum et rerum per testes. Ibid. 1767. 4.

Progr. de testamento feminae capite non deminutae, ad locum Ciceronis Topic. c. 4. Ibid. 1768. 4.

Salomonis Deylingii institutiones prudentiae pastoralis. editio tertia auctior per D. *C. W. Kustnerum*. Ib. 1768. 8.

Michael Heinrich Gribners, *Discurs zur Erläuterung der Churfürstlichen Sächsischen alten und verbesserten Processordnung nebst Vorrede von Johann Ehrenfried Zschackwitz*, *auch neuen Zusätzen und Verbesserungen von* D. C. W. Küstnern. *Andere Auflage. Leipzig*. 1780. 8.

LIPSIAE

EX OFFICINA BREITKOPFIA

MDCCLXXVI.

unter ihm zu erreichen. Deshalb fielen sie ihm zu, so wie sie es jedem tun, der ihnen eine ähnliche Gewissheit einflößt. Fallen doch die Schauspieler einem neuen Regisseur zu, von dem sie glauben, dass er sie in gute Rollen bringen werde. Dies ist ein altes Märchen, das sich immer wiederholt; die menschliche Natur ist einmal so eingerichtet. Niemand dienet einem andern aus freien Stücken; weiß er aber, dass er damit sich selber dient, so tut er es gerne. Napoleon kannte die Menschen zu gut, und er wusste von ihren Schwächen den gehörigen Gebrauch zu machen.«

Doppelter Irrtum

Nimmst du die Menschen für schlecht, du kannst dich verrechnen, o Weltmann,
Schwärmer, wie bist du getäuscht, nimmst du die Menschen für gut.

Goldnes Zeitalter

Ob die Menschen im Ganzen sich bessern? Ich glaub es, denn einzeln,
Suche man, wie man auch will, sieht man doch gar nichts davon.

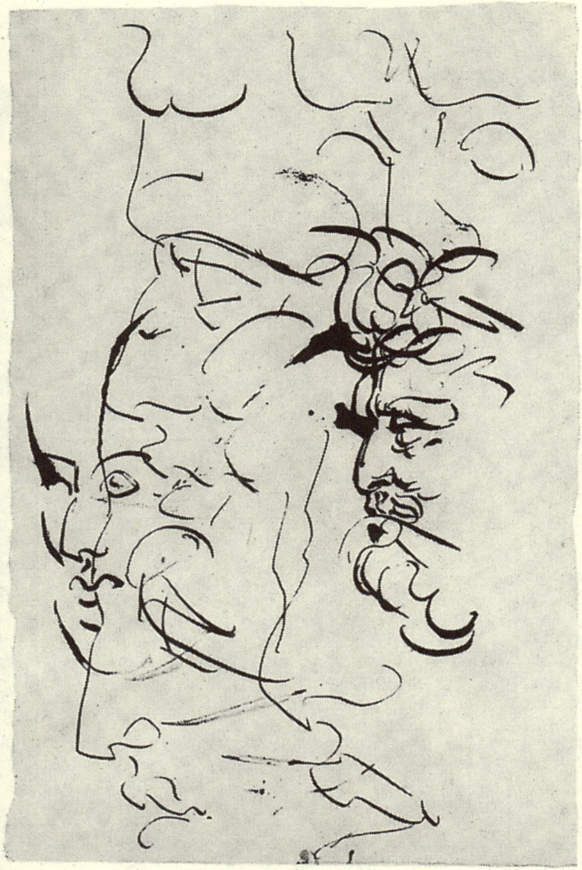

Anhang

Zitatnachweise zum Vorwort

1 Hermann Hesse, *Der Steppenwolf*, in: H. H., *Gesammelte Werke* (werkausgabe edition suhrkamp), Bd. 7, Frankfurt a. M. 1970, S. 181 ff., hier und die folgenden Zitate S. 265 ff.

2 Das Porträt ist abgebildet in: *Goethes Leben in Bilddokumenten*, hrsg. von Jörn Göres, München 1981, S. 221 (Nr. 384).

3 Vgl. Michael Holzmann, *Aus dem Lager der Goethe-Gegner*, Berlin 1904.

4 Christian Dietrich Grabbe, »Goethes Briefwechsel mit einem Kinde« [1835], in: *Meister der deutschen Kritik*, hrsg. von Gerhard F. Hering, Bd. 2: *Von Börne zu Fontane* 1830–1890, München 1963, S. 34 ff., hier S. 34.

5 Achim von Arnim, Brief an Wilhelm Grimm, 20. Juli 1816, zit. nach: *Goethe in vertraulichen Briefen seiner Zeitgenossen*, hrsg. von Wilhelm Bode, 3 Bde., Berlin/Weimar 1979 (im folgenden zit. als: Bode), Bd. 2, S. 656 (Nr. 1948).

6 Johann Peter Eckermann, *Gespräche mit Goethe in den letzten Jahren seines Lebens*, Berlin/Weimar 1982, S. 71.

7 Goethe, *Dichtung und Wahrheit*, Bd. 3, Buch 13, in: J. W. Goethe, *Werke. Hamburger Ausgabe*, hrsg. von Erich Trunz, 13. neubearb. Aufl. München 1982 (im folgenden zit. als: HA), Bd. 9, S. 586.

8 Henriette von Beaulieu, Erinnerungen, zit. nach: *Goethe erzählt sein Leben*, hrsg. von Hans Egon Gerlach und Otto Hermann, Frankfurt a. M. / Hamburg 1956, S. 200.

9 Zit. nach: Bode, Bd. 2, S. 519 (Nr. 1704).

10 Marianne von Willemer, Brief an Goethe vom 19. Juli 1819, in: *Briefe an Goethe. Hamburger Ausgabe*, hrsg. von Karl Robert Mandelkow, 2 Bde., Hamburg 1965, Bd. 2, S. 262 f. (Nr. 494).

11 Johann Georg Christian Kestner, Brief an August von Hennings, Herbst 1772, zit. nach: Bode, Bd. 1, S. 36 (Nr. 44).
12 Johann Georg von Zimmermann, Brief an Charlotte von Stein, zit. nach: Bode, Bd. 1, S. 101 (Nr. 140).
13 Freiherr von Seckendorff, Brief an seinen Bruder, zit. nach: Gerlach/Hermann (Anm. 8), S. 177.
14 Friedrich von Einsiedel, zit. nach: Gerlach/Hermann (Anm. 8), S. 177.
15 Johann Heinrich Voss, Brief an Ernestine Boie, 14. Juli 1776, zit. nach: Bode, Bd. 1, S. 191 (Nr. 292).
16 Charlotte von Stein, Brief an Johann Georg von Zimmermann, 6.–8. März 1766, zit. nach: Bode, Bd. 1, S. 169 (Nr. 254).
17 Goethe, »Selbstschilderung (2)«, in: HA 10, S. 531.
18 Eckermann (Anm. 6), S. 539 (3. Mai 1827).
19 Ebd., S. 635 (17. März 1830).
20 Elias Stöber, Brief an Friedrich Dominikus Ring, 4./5. Juli 1772, zit. nach: Bode, Bd. 1, S. 29 (Nr. 31).
21 Goethes Mutter an die Herzogin Anna Amalia, Brief vom 30. November 1781, in: Goethe, *Gedenkausgabe der Werke, Briefe und Gespräche*, hrsg. von Ernst Beutler, 24 Bde. und 3 Erg.-Bde., Zürich/Stuttgart 1948–71 (im folgenden zit. als: GA), Erg.-Bd. 1, S. 507 f. (Nr. 85).
22 Anm. von Regine Otto zu: Eckermann (Anm. 6), S. 717 (14. April 1824). (Nach einem Hinweis von Armin Thier.)
23 Goethe, Brief an Auguste Gräfin zu Stolberg vom 7. März 1775, in: Goethes Briefe. Hamburger Ausgabe, 4 Bde., hrsg. von Karl Robert Mandelkow, Hamburg 1962–67 (im folgenden zit. als: *Briefe* HA), Bd. 1, S. 178 (Nr. 101).
24 Goethe, Brief an Johann Heinrich Merck vom 22. Januar 1776, in: *Briefe* HA 1, S.205 (Nr. 127).
25 Eckermann (Anm. 6), S. 490f. (27. März 1825).
26 Johann Daniel Falk, »Goethe aus näherem Umgange dargestellt«, in: GA 23, S. 821.

27 Hesse (Anm. 1), S. 264.
28 Hans Mayer, *Goethe. Ein Versuch über den Erfolg*, Frankfurt a.M. 1973, S. 50.
29 Prof. Metzger, Brief an Friedrich Dominikus Ring, 7. August 1771, zit. nach: Bode, Bd. 1, S. 17 (Nr. 15).
30 Vgl. Heinrich Hubert Houben, *Der polizeiwidrige Goethe*, Berlin 1932.
31 Goethe, Italienische Reise, in: HA 11, S. 80 und S. 413.
32 Eckermann (Anm. 6), S. 597 (17. Oktober 1828).
33 Ebd., S. 286 (2. April 1829).
34 Falk (Anm. 26), S. 821.
35 Goethe, Brief an seine Mutter vom 9. August 1779, in: *Briefe* HA 1, S. 267f.
36 Goethe, Tagebuch vom 7. August 1779, in: GA, Erg.-Bd. 2, S. 85.
37 Zu seiner Selbstdeutung als Schiffbrüchiger vgl. Volker Ladenthin, »Goethes Seefahrten und Schiffbrüche«, in: V.L., *Das Bordbuch. Leseerlebnisse zu literarischen Abenteuern*, Bonn 2006, S. 71–90.
38 Goethe, Brief an Johann Heinrich Merck vom 8. August 1775, in: *Briefe* HA 2, S. 278 (Nr. 345).
39 Goethe, Brief an Carl Friedrich Graf Reinhard vom 7. September 1831, in: *Briefe* HA 2, S. 444f. (Nr. 1506).
40 Goethe, Brief an Wilhelm von Humboldt vom 17. März 1832, in: *Briefe* HA 3, S.460.
41 Einen Brief an Auguste Gräfin zu Stolberg vom 3. August 1775 unterzeichnet Goethe mit »Der Unruhige« (*Briefe* HA 1, S. 189, Nr. 112).
42 Hermann Hesse, *Schriften zur Literatur* 2, in: H.H.: *Gesammelte Werke* (werkausgabe edition suhrkamp), Bd. 12, Frankfurt a.M. 1970, S. 153.

Verzeichnis der Texte und Druckvorlagen

Die Texte der vorliegenden Ausgabe folgen – unter behutsamer Angleichung an die neue Rechtschreibung – den hier verzeichneten Editionen; in den Textnachweisen werden sie jeweils mit den angegebenen Titelsiglen abgekürzt zitiert.

GA Goethe. Gedenkausgabe der Werke, Briefe und Gespräche zum 28. August 1949. Hrsg. von Ernst Beutler. 24 Bde. und 3 Erg.-Bde. Zürich [seit 1960: Zürich/Stuttgart]: Artemis-Verlag, 1948–71.

Gespr. Goethes Gespräche. Eine Sammlung zeitgenössischer Berichte aus seinem Umgang. Auf Grund der Ausgabe und des Nachlasses von Flodoard Freiherrn von Biedermann erg. und hrsg. von Wolfgang Herwig. Bd. 1 ff. Zürich/Stuttgart: Artemis, 1965 ff.

WA Goethes Werke. Hrsg. im Auftrage der Großherzogin Sophie von Sachsen. [Weimarer Ausgabe.] Abt. 1: Werke. Abt. 2: Naturwissenschaftliche Schriften. Abt. 3: Tagebücher. Abt. 4: Briefe. Insges. 133 Bde. (in 143 Tln.). Weimar: Böhlau, 1887–1919. – Reprogr. Nachdr. München: Deutscher Taschenbuch Verlag, 1987.

7 GA 1,670.

I

Ich bin nun, wie ich bin

25 1 GA 1,669 f. | 2 GA 1,448. | **26** GA 1,73. | **27** GA 1,27 f. | **29** GA 1,624. | **30** 1 GA 2,471. | 2 GA 4,122. [Aus: Zum Schäkespeares Tag. Überschrift vom Hrsg.] | **31** GA 2,386. | **32** GA 2,55. | **33** 1 GA 2,493. | 2 GA 2,380. | 3 GA 1,261. | 4 GA 1,47. | **34** 1 GA 2,45. | 2 GA 1,608. | **35** 1 GA 1,439. | 2 GA 1,439. | 3 GA 2,531. | 4 GA 1,344. | **36** GA 2,158. | **37** 1 GA 1,642. | 2 GA 24,729 ff. [Aus: Gespräche mit Eckermann, 14. März 1830. Überschrift vom Hrsg.]

II

Wenn ich in deiner Nähe bin

45 GA 2,275 f. | **46** 1 GA 2,63. | 2 GA 1,557. | **47** GA 1,19. | **50** GA 1,175. | **54** GA 1,60 f. | **55** 1 GA 1,343. | 2 GA 1,339. | **56** GA 1,43 f.

III

Trost in Tränen

58 GA 1,172. | **59** 1 GA 1,59. | 2 GA 1,69. | **60** GA 1,62. | **61** GA 1,509.

IV

Freibeuter

62 GA 1,105. | **63** GA 1,88 f. | **65** GA 2,122 f. | **66** GA 2,168. | **68** 1 GA 1,92. | 2 GA 1,233. | **69** GA 2,47 f. | **70** GA 1,93 f. | **72** GA 1,497. | **73** 1 GA 2,169. | 2 GA 8,406 ff. [Aus: Wilhelm Meisters Wanderjahre.]

V

Philister

82 Gespr. 2,250 f. [Überschrift vom Hrsg.] | **83** GA 2,388. | **84** GA 7,307 ff. [Aus: Wilhelm Meisters Lehrjahre.] | **95** GA 2,159 f. | **96** 1 GA 2,178. | 2 GA 18,317. [25. März 1776.]

VI

An die Obern

98 1 GA 1,263. | 2 GA 18,659 f. | **99** GA 10,314. [Aus: Dichtung und Wahrheit.] | **100** GA 24,685 f. [Aus: Gespräche mit Eckermann, 12. März 1828. Überschrift vom Hrsg.] | **102** 1 GA 2,511. | 2 GA 2,76 f. [Überschrift vom Hrsg.] | **105** 1 GA 1,616. | 2 GA 2,177. | **106** 1 GA 2,471. | 2 GA 1,233. | 3 GA 1,233. | 4 GA 1,233 f. | **107** GA 1,234. | **108** GA 24,548 ff. [Aus: Gespräche mit Eckermann, 4. Januar 1824. Überschrift vom Hrsg.] | **111** 1 GA 2,455. | 2 GA 2,455.

VII

Fehler der Jugend, Fehler des Alters

112 1 GA 1,635. | 2 GA 7,11 f. [Aus: Wilhelm Meisters Lehrjahre. Überschrift vom Hrsg.] | **114** 1 GA 1,606. | 2 GA 1,607. | **115** GA 5,355 f. [Aus: Faust II. Überschrift vom Hrsg.]

VIII

Fliehe dieses Land!

117 1 GA 1,447. | 2 GA 1,481. | **118** GA 2,203. | **119** GA 2,204 f. | **122** 1 GA 2,405 f. | 2 WA I 19,197–219. [Aus: Briefe aus der Schweiz. Erste Abteilung. Orthographie und Interpunktion wurden behutsam modernisiert.]

IX

Dieser Tag dauert mich

128 GA 18,421 f. | **129** GA 18,521 f. | **131** GA 2,327 f. | **132** GA 8,366 und 460 ff. [Aus: Wilhelm Meisters Wanderjahre. Überschrift vom Hrsg.]

X

Um Mitternacht

137 GA 1,345 f. | **138** GA 1,108. | **140** GA 1,144 f. | **142** GA 2,46.

XI

Wem zu glauben ist

144 1 GA 1,457. | 2 GA 1,260. | 3 GA 1,261. | **145** 1 GA 1,251. | 2 GA 1,628. | 3 GA 1,669. | **146** GA 16,349 ff. [Aus: Zur Farbenlehre.]

XII

Willst du dir aber das Beste tun

149 1 GA 1,418. | 2 GA 1,459. | 3 GA 1,458. | **150** 1 GA 2,384. | 2 Gespr. 3/2, 668, 104 und 604. [Überschrift vom Hrsg.] | **151** 1 GA 1,232. | 2 GA 1,612. | **152** 1 GA 2,391. | 2 GA 1,637. | 3 GA 2,484. | 4 GA 22,435. [Überschrift vom Hrsg.] | **153** GA 1,45. | **154** GA 1,72. | **155** GA 1,612.

XIII

Verschiedene Empfindungen

156 1 GA 1,622. | 2 GA 1,31 f. | **158** GA 9,313 ff. [Aus: Unterhaltungen deutscher Ausgewanderten. Überschrift vom Hrsg.]

XIV

Dieses ist das Bild der Welt

165 GA 2, 195. | **166** 1 GA 2,169. | 2 GA 1,247. | 3 GA 2,68 f. | **167** 1 GA 1,609. | 2 GA 2,378. | 3 GA 1,572. | **168** GA 4,388 ff. [Aus: Die Leiden des jungen Werthers. Überschrift vom Hrsg.]

XV

Die Menschen im Ganzen

171 GA 1,228. | **172** 1 GA 1,237. | 2 GA 2,179. | **173** 1 GA 2,517. | 2 GA 2,391. | 3 GA 1,235. | 4 GA 1,245. | **174** 1 GA 2,503. | 2 GA 24,340 f. [Aus: Gespräche mit Eckermann, 6. April 1829. Überschrift vom Hrsg.] | **176** 1 GA 2,502. | 2 GA 2,447.

Abbildungsverzeichnis

Wenn nicht anders verzeichnet, stammen die Zeichnungen von Goethe selbst. Sie sind entnommen dem *Corpus der Goethezeichnungen*, bearb. von Gerhard Femmel und Ruprecht Mathaei, 7 Bde., Leipzig: Seemann, 1958–72, und werden nachgewiesen mit Angabe des Bandes und der Nummer der Zeichnung.

57 Pappelallee (Widmungsblatt für Wilhelmine Herzlieb). Bleistift, Feder mit Tusche, Aquarellfarben. 1808. Corpus IVa,79.

64 Nymphe und Faune. Bleistift, Feder mit Sepia, Sepiallavierung. 1787 [?]. Corpus II,329 (Detail).

83 Kavalier mit Dreispitz und Degen. Bleistift. Um 1770 [?]. Corpus VIb,257.

93 Herr und Dame. Bleistift. Um 1770 [?]. Corpus VIb,258.

105 Figurengruppe zur Aufführung der *Zauberflöte*. Bleistift, Feder mit Sepia. 1794. Corpus IVb,211 (Detail).

107 Schnupfender Kavalier und Ochse in Menschenkleidung; angeblich Karikaturen auf das Weimarer Hofleben. Bleistift. 1776 [?]. Corpus VIb,262.

114 Streit um eine Puppe. Kreide, Feder mit Tusche, Tuschlavierung. Um 1775 [?]. Corpus I,90.

118 Alpenlandschaft mit Wanderer. Bleistift, Feder mit Tusche, Tuschlavierung. 1807/08. Corpus IVa,92.

129 Rekrutenaushebung. Bleistift, Feder mit Tusche, Tuschlavierung. 1779. Corpus I,307.

131 Kerkerszene. Bleistift, Bisterlavierung, Weißhöhung mit Deckweiß. Um 1775. Corpus I,92.

142/143 Hexenszene. Feder mit Tusche, Tuschlavierung. 1787 [?]. Corpus VIb,216.

151 Stilleben mit Hocker, Handarbeitskorb und Katze. Bleistift, Feder mit Sepia. 1794. Corpus IVb,211 (Detail).

154 Angler am Flussufer. Feder mit Sepia. Um 1810 [?]. Corpus IVa,300.

172 o. Profilkopf. Bleistift, Feder mit Tinte. 1789. Corpus IVb,23.

172 u. Kopf mit Faunsohr. Bleistift, Feder mit Tinte. 1789. Corpus IVb,24.

175 Gesichtsmuskulatur. Bleistift, Feder mit Tinte auf Druckbogen. 1788. Corpus Vb,7.

177 Gesichtsprofile. Feder mit Tinte. 1790. Corpus IVb,12.